Wolfgang Borchert

Die traurigen Geranien

WELT EDITION

WOLFGANG BORCHERT

Die traurigen Geranien

und andere Geschichten aus dem Nachlaß

Herausgegeben
mit einem Nachwort
von Peter Rühmkorf

WELT EDITION

Der vorliegenden Ausgabe liegt das 2006
im Rowohlt Taschenbuch Verlag erschienene Buch zugrunde.

Lizenzausgabe der Axel Springer AG, Berlin
1. Auflage Juli 2009

Coveridee: Brian O'Connor
Covergestaltung: Grit Steinbrücker, Kerstin Heidrich
Projektleitung: Tina Jürgens
Coverfoto: ullstein bild/Rosemarie Clausen
Herstellung: Aufbau Verlag GmbH & Co. KG, Berlin
Satz: Dörlemann Satz, Lemförde
Druck und Bindung: CPI – Clausen & Bosse, Leck
Gedruckt in Deutschland

ISBN 978-3-941711-13-6

Die traurigen Geranien

Die traurigen Geranien

Als sie sich kennenlernten, war es dunkel gewesen. Dann hatte sie ihn eingeladen und nun war er da. Sie hatte ihm ihre Wohnung gezeigt und die Tischtücher und die Bettbezüge und auch die Teller und Gabeln, die sie hatte. Aber als sie sich dann zum erstenmal bei hellem Tageslicht gegenübersaßen, da sah er ihre Nase.

Die Nase sieht aus, als ob sie angenäht ist, dachte er. Und sie sieht überhaupt nicht wie andere Nasen aus. Mehr wie eine Gartenfrucht. Um Himmels willen! dachte er, und diese Nasenlöcher! Die sind ja vollkommen unsymmetrisch angeordnet. Die sind ja ohne jede Harmonie zueinander. Das eine ist eng und oval. Aber das andere gähnt geradezu wie ein Abgrund. Dunkel und rund und unergründlich. Er griff nach seinem Taschentuch und tupfte sich die Stirn.

Es ist so warm, nicht wahr? begann sie.

O ja, sagte er und sah auf ihre Nase. Sie muß angenäht sein, dachte er wieder. Sie kommt sich so fremd vor im Gesicht. Und sie hat eine ganz andere Tönung als die übrige Haut. Viel intensiver. Und die Nasenlöcher sind wirklich ohne Harmonie. Oder von einer ganz neuartigen Harmonie, fiel ihm ein, wie bei Picasso.

Ja, fing er wieder an, meinen Sie nicht auch, daß Picasso auf dem richtigen Wege ist?

Wer denn? fragte sie, Pi – ca – –?

Na, denn nicht, seufzte er und sagte dann plötzlich ohne Übergang: Sie haben wohl mal einen Unfall gehabt?

Wieso? fragte sie.

Na ja, meinte er hilflos.

Ach, wegen der Nase?

Ja, wegen ihr.

Nein, sie war gleich so. Sie sagte das ganz geduldig: Sie war gleich so.

Donnerwetter! hätte er da fast gesagt. Aber er sagte nur: Ach, wirklich?

Und dabei bin ich ein ausgesprochen harmonischer Mensch, flüsterte sie. Und wie ich gerade die Symmetrie liebe! Sehen Sie nur meine beiden Geranien am Fenster. Links steht eine und rechts steht eine. Ganz symmetrisch. Nein, glauben Sie mir, innerlich bin ich ganz anders. Ganz anders.

Hierbei legte sie ihm die Hand auf das Knie, und er fühlte ihre entsetzlich innigen Augen bis an den Hinterkopf glühen.

Ich bin doch auch durchaus für die Ehe, für das Zusammenleben, meinte sie leise und etwas verschämt.

Wegen der Symmetrie? entfuhr es ihm.

Harmonie, verbesserte sie ihn gütig, wegen der Harmonie.

Natürlich, sagte er, wegen der Harmonie.

Er stand auf.

Oh, Sie gehen?

Ja, ich – ja.

Sie brachte ihn zur Tür.

Innerlich bin ich eben doch sehr viel anders, fing sie noch mal wieder an.

Ach was, dachte er, deine Nase ist eine Zumutung. Eine angenähte Zumutung. Und er sagte laut: Innerlich sind Sie wie die Geranien, wollen Sie sagen. Ganz symmetrisch, nicht wahr?

Dann ging er die Treppe hinunter, ohne sich umzusehen.

Sie stand am Fenster und sah ihm nach.

Da sah sie, wie er unten stehenblieb und sich mit dem Taschentuch die Stirn abtupfte. Einmal, zweimal. Und dann noch einmal. Aber sie sah nicht, daß er dabei erleichtert grinste. Das sah sie nicht, weil ihre Augen unter Wasser standen. Und die Geranien, die waren genauso traurig. Jedenfalls rochen sie so.

Später Nachmittag

Das Haus war schmal, grau und hoch. Da blieb sie stehen und sagte: So.

Er sah sie an. Die Gesichter waren schon im späten Nachmittag versunken. Er sah nur eine blasse, ovale Scheibe. Dann sagte sie: Ja.

Ihr Schlüsselbund klickerte unterdrückt. Es lachte.

Da sagte der junge Mann: Dies ist die Catharinenstraße. Ich danke Ihnen.

Sie schickte ihre farblosen Geleeaugen durch die dicken Brillengläser auf den hellen Fleck zu, der sein Gesicht sein mußte. Nein, antwortete sie, und ihre Augen sahen dazu etwas doof aus, ich wohne hier. Die Catharinenstraße ist das nicht. Ich wohne hier.

Leise lachte das Schlüsselbund.

Der junge Mann staunte: Nicht die Catharinenstraße? Nein, flüsterte sie. Ja, was soll ich denn hier, mein Gott! Ich will doch zur Catharinenstraße. Er sagte das sehr laut. Ihre Stimme wurde ganz klein: Ich wohne hier. In diesem Haus hier. Und sie klickerte mit dem Schlüsselbund.

Da begriff er. Er ging dicht an die blasse, ovale Scheibe heran. Sie hat eine Brille, und ihre Augen sind wie Gelee, so doof, so wässerig – dachte er. Hier wohnst du, fragte er und griff nach ihr, allein? Ja – – natürlich – – allein. Sie sagte das in großen Abständen. Ihre Stimme war so neu, daß sie selbst erschrak. So war die Stimme in den ganzen siebenunddreißig Jahren nicht gewesen, als sie sagte: Ich habe ein Zimmer.

Er ließ sie los und fragte: Und die Catharinenstraße? Sie ist da, antwortete sie und ihre Stimme wurde wieder halb so wie früher. Da, die zweite links. Zweite links, sagte er und drehte sich um. Und durch den diesigen Nachmittag kam noch ein sich entfernendes Danke. Aber das war schon weit, weit ab. Dann vertropften seine Schritte unaufhaltsam und sackten in der Catharinenstraße ganz weg.

Nein, er sah sich noch um. Ein grauer Fleck starrte hinter ihm her, aber das konnte auch das Haus sein. Das Haus war schmal und hoch und grau. Die mit ihren Geleeaugen, dachte er. Wie Gelee waren die, so doof hinter der Brille. Mein Gott, mindestens vierzig war sie schon.

Und dann sagt sie plötzlich: Ich habe ein Zimmer. Er grinste den späten Nachmittag an. Dann bog er in die Catharinenstraße ein.

An dem grauen, schmalen Haus klebte ein grauer Fleck. Der atmete und flüsterte vor sich hin: Ich dachte, er wollte was. Er sah mich so an, als ob er gar nicht zur Catharinenstraße wollte. Nein, aber er wollte wohl nichts.

Ihre Stimme war wieder ganz wie früher. Wie sie schon siebenunddreißig Jahre lang gewesen war. Verständnislos schwammen ihre blassen Augen hinter den dicken Brillengläsern hin und her. Wie in einem Aquarium. Nein, er wollte nichts.

Dann schloß sie die Tür auf. Und das Schlüsselbund, das lachte. Lachte leise. Ganz leise.

Die Kirschen

Nebenan klirrte ein Glas. Jetzt ißt er die Kirschen auf, die für mich sind, dachte er. Dabei habe ich das Fieber. Sie hat die Kirschen extra vors Fenster gestellt, damit sie ganz kalt sind. Jetzt hat er das Glas hingeschmissen. Und ich hab das Fieber.

Der Kranke stand auf. Er schob sich die Wand entlang. Dann sah er durch die Tür, daß sein Vater auf der Erde saß. Er hatte die ganze Hand voll Kirschsaft.

Alles voll Kirschen, dachte der Kranke, alles voll Kirschen. Dabei sollte ich sie essen. Ich hab doch das Fieber. Er hat die ganze Hand voll Kirschsaft. Die waren sicher schön kalt. Sie hat sie doch extra vors Fenster gestellt für das Fieber. Und er ißt mir die ganzen Kirschen auf. Jetzt sitzt er auf der Erde und hat die ganze Hand davon voll. Und ich hab das Fieber. Und er hat den kalten Kirschsaft auf der Hand. Den schönen kalten Kirschsaft. Er war bestimmt ganz kalt. Er stand doch extra vorm Fenster. Für das Fieber.

Er hielt sich am Türdrücker. Als der quietschte, sah der Vater auf.

Junge, du mußt doch zu Bett. Mit dem Fieber, Junge. Du mußt sofort zu Bett.

Alles voll Kirschen, flüsterte der Kranke. Er sah auf die Hand. Alles voll Kirschen.

Du mußt sofort zu Bett, Junge. Der Vater versuchte

aufzustehen und verzog das Gesicht. Es tropfte von seiner Hand.

Alles Kirschen, flüsterte der Kranke. Alles meine Kirschen. Waren sie kalt? fragte er laut. Ja? Sie waren doch sicher schön kalt, wie? Sie hat sie doch extra vors Fenster gestellt, damit sie ganz kalt sind. Damit sie ganz kalt sind.

Der Vater sah ihn hilflos von unten an. Er lächelte etwas. Ich komme nicht wieder hoch, lächelte er und verzog das Gesicht. Das ist doch zu dumm, ich komme buchstäblich nicht wieder hoch.

Der Kranke hielt sich an der Tür. Die bewegte sich leise hin und her von seinem Schwanken. Waren sie schön kalt? flüsterte er, ja?

Ich bin nämlich hingefallen, sagte der Vater. Aber es ist wohl nur der Schreck. Ich bin ganz lahm, lächelte er. Das kommt von dem Schreck. Es geht gleich wieder. Dann bring ich dich zu Bett. Du mußt ganz schnell zu Bett.

Der Kranke sah auf die Hand.

Ach, das ist nicht so schlimm. Das ist nur ein kleiner Schnitt. Das hört gleich auf. Das kommt von der Tasse, winkte der Vater ab. Er sah hoch und verzog das Gesicht. Hoffentlich schimpft sie nicht. Sie mochte gerade diese Tasse so gern. Jetzt hab ich sie kaputt gemacht. Ausgerechnet diese Tasse, die sie so gern mochte. Ich wollte sie ausspülen, da bin ich ausgerutscht. Ich wollte sie nur ein bißchen kalt ausspülen und deine Kirschen da hinein tun. Aus dem Glas trinkt es sich so schlecht im Bett. Das weiß ich noch. Daraus trinkt es sich ganz schlecht im Bett.

Der Kranke sah auf die Hand. Die Kirschen, flüsterte er, meine Kirschen?

Der Vater versuchte noch einmal, hochzukommen. Die bring ich dir gleich, sagte er. Gleich, Junge. Geh schnell zu

Bett mit deinem Fieber. Ich bring sie dir gleich. Sie stehen noch vorm Fenster, damit sie schön kalt sind. Ich bring sie dir sofort.

Der Kranke schob sich an der Wand zurück zu seinem Bett. Als der Vater mit den Kirschen kam, hatte er den Kopf tief unter die Decke gesteckt.

Das Holz für morgen

Er machte die Etagentür hinter sich zu. Er machte sie leise und ohne viel Aufhebens hinter sich zu, obgleich er sich das Leben nehmen wollte. Das Leben, das er nicht verstand und in dem er nicht verstanden wurde. Er wurde nicht von denen verstanden, die er liebte. Und gerade das hielt er nicht aus, dieses Aneinandervorbeisein mit denen, die er liebte.

Aber es war noch mehr da, das so groß wurde, daß es alles überwuchs und das sich nicht wegschieben lassen wollte.

Das war, daß er nachts weinen konnte, ohne daß die, die er liebte, ihn hörten. Das war, daß er sah, daß seine Mutter, die er liebte, älter wurde und daß er das sah. Das war, daß er mit den anderen im Zimmer sitzen konnte, mit ihnen lachen konnte und dabei einsamer war als je. Das war, daß die anderen es nicht schießen hörten, wenn er es hörte. Daß sie das nie hören wollten. Das war dieses Aneinandervorbeisein mit denen, die er liebte, das er nicht aushielt. Nun stand er im Treppenhaus und wollte zum Boden hinaufgehen und sich das Leben nehmen. Er hatte die ganze Nacht überlegt, wie er das machen wollte, und er war zu dem Entschluß gekommen, daß er vor allem auf den Boden hinaufgehen müsse, denn da wäre man allein und das war die Vorbedingung für alles andere. Zum Erschießen hatte er nichts und Vergiften war ihm zu unsicher. Keine Blamage wäre größer gewesen, als dann mit Hilfe eines Arztes wieder in das Leben zurückzukommen und die vorwurfsvollen mitleidigen Gesichter der anderen, die so voll Liebe und Angst für ihn waren, ertragen zu müssen. Und sich ertränken, das fand er zu pathetisch, und sich aus dem Fenster stürzen, das fand er zu aufgeregt. Nein, das beste würde sein, man ginge auf den Boden. Da war man allein. Da war es still. Da war alles ganz unauffällig und ohne viel Aufhebens. Und da waren vor allem die Querbalken vom Dachstuhl. Und der Wäschekorb mit der Leine. Als er die Etagentür leise hinter sich zugezogen hatte, faßte er ohne zu zögern nach dem Treppengeländer und ging langsam nach oben. Das kegelförmige Glasdach über dem Treppenhaus, das von ganz feinem Maschendraht wie von Spinngewebe durchzogen war, ließ einen blassen Himmel hindurch, der hier oben dicht unter dem Dach am hellsten war.

Fest umfaßte er das saubere hellbraune Treppengeländer und ging leise und ohne viel Aufhebens nach oben. Da entdeckte er auf dem Treppengeländer einen breiten weißen Strich, der vielleicht auch etwas gelblich sein konnte. Er blieb stehen und fühlte mit dem Finger darüber, dreimal, viermal. Dann sah er zurück. Der weiße Strich ging auf dem ganzen Geländer entlang. Er beugte sich etwas vor. Ja, man konnte ihn bis tief in die dunkleren Stockwerke nach unten verfolgen. Dort wurde er ebenfalls bräunlicher, aber er blieb doch einen ganzen Farbton heller als das Holz des Geländers. Er ließ seinen Finger ein paarmal auf dem weißen Strich entlang fahren, dann sagte er plötzlich: Das hab ich ja ganz vergessen.

Er setzte sich auf die Treppe. Und jetzt wollte ich mir das Leben nehmen und hatte das beinahe vergessen. Dabei war ich es doch. Mit der kleinen Feile, die Karlheinz gehörte. Die habe ich in die Faust genommen und dann bin ich in vollem Tempo die Treppen runtergesaust und habe dabei die Feile tief in das weiche Geländer gedrückt. In den Kurven habe ich besonders stark gedrückt, um zu bremsen. Als ich unten war, ging über das Treppengeländer vom Boden bis zum Erdgeschoß eine tiefe, tiefe Rille. Das war ich. Abends wurden alle Kinder verhört. Die beiden Mädchen unter uns, Karlheinz und ich. Und der nebenan. Die Hauswirtin sagte, das würde mindestens vierzig Mark kosten. Aber unsere Eltern wußten sofort, daß es von uns keiner gewesen war. Dazu gehörte ein ganz scharfer Gegenstand, und den hatte keiner von uns, das wußten sie genau. Außerdem verschandelte doch kein Kind das Treppengeländer in seinem eigenen Haus. Und dabei war ich es. Ich mit der kleinen spitzen Feile. Als keiner von den Familien die vierzig Mark für die Reparatur des Treppengeländers bezahlen wollte, schrieb die Hauswirtin auf die nächste Mietrechnung je Haushalt fünf Mark mehr drauf für Instandsetzungskosten des stark demolierten Treppenhauses. Für dieses Geld wurde dann gleich das ganze Treppenhaus mit Linoleum ausgelegt. Und Frau Daus bekam ihren Handschuh ersetzt, den sie sich an dem aufgesplitterten Geländer zerrissen hatte. Ein Handwerker kam, hobelte die Ränder der Rille glatt und schmierte sie dann mit Kitt aus. Vom Boden bis zum Erdgeschoß. Und ich, ich war es. Und jetzt wollte ich mir das Leben nehmen und hatte das beinahe vergessen.

Er setzte sich auf die Treppe und nahm einen Zettel. Das mit dem Treppengeländer war ich, schrieb er da drauf. Und dann schrieb er oben drüber: An Frau Kaufmann, Hauswirtin. Er nahm das ganze Geld aus seiner

Tasche, es waren zweiundzwanzig Mark, und faltete den Zettel da herum. Er steckte ihn oben in die kleine Brusttasche. Da finden sie ihn bestimmt, dachte er, da müssen sie ihn ja finden. Und er vergaß ganz, daß sich keiner mehr daran erinnern würde. Er vergaß, daß es schon elf Jahre her war, das vergaß er. Er stand auf, die Stufe knarrte ein wenig. Er wollte jetzt auf den Boden gehen. Er hatte das mit dem Treppengeländer erledigt und konnte jetzt nach oben gehen. Da wollte er sich noch einmal laut sagen, daß er es nicht mehr aushielte, das Aneinandervorbeisein mit denen, die er liebte, und dann wollte er es tun. Dann würde er es tun.

Unten ging eine Tür. Er hörte, wie seine Mutter sagte: Und dann sag ihr, sie soll das Seifenpulver nicht vergessen. Daß sie auf keinen Fall das Seifenpulver vergißt. Sag ihr, daß der Junge extra mit dem Wagen los ist, um das Holz zu holen, damit wir morgen waschen können. Sag ihr, das wäre für Vater eine große Erleichterung, daß er nicht mehr mit dem Holzwagen los braucht und daß der Junge wieder da ist. Der Junge ist extra los heute. Vater sagt, das wird ihm Spaß machen. Das hat er die ganzen Jahre nicht tun können. Nun kann er Holz holen. Für uns. Für morgen zum Waschen. Sag ihr das, daß er extra mit dem Wagen los ist und daß sie mir nicht das Seifenpulver vergißt.

Er hörte eine Mädchenstimme antworten. Dann wurde die Tür zugemacht und das Mädchen lief die Treppen hinunter. Er konnte ihre kleine, rutschende Hand das ganze Treppengeländer entlang bis unten verfolgen. Dann hörte er nur ihre Beine noch. Dann war es still. Man hörte das Geräusch, das die Stille machte.

Er ging langsam die Treppe abwärts, langsam Stufe um Stufe abwärts. Ich muß das Holz holen, sagte er, natürlich, das hab ich ja ganz vergessen. Ich muß ja das Holz holen, für morgen.

Er ging immer schneller die Treppen hinunter und ließ seine Hand dabei kurz hintereinander auf das Treppengeländer klatschen. Das Holz, sagte er, ich muß ja das Holz holen. Für uns. Für morgen. Und er sprang die letzten Stufen mit großen Sätzen abwärts.

Ganz oben ließ das dicke Glasdach einen blassen Himmel hindurch. Hier unten aber mußten die Lampen brennen. Jeden Tag. Alle Tage.

Alle Milchgeschäfte heißen Hinsch

Alle Milchgeschäfte heißen Hinsch. Hinschens sind blond, riechen satt und gesund wie frische Pfirsiche oder Säuglinge. Hinschens haben rote, riesige Hände. Hinschens haben die roten Hände nicht, weil sie Wasser mit der Milch verkuppeln. Die roten Hände kommen vom Kannenwaschen und Flaschenspülen. Die Kannen sind schwer und die Flaschen sind glatt – deswegen oder davon sind Hinschens Hände rissig.

Herr Hinsch ist groß, langsam und gut. Frau Hinsch ist klein und schnell, und sie ist auch gut. Elsie, die Tochter, ist mittelgroß, müde im Tempo und mucksch.

Alle drei Hinschens leiden im Winter an kalten Füßen, denn der Fußboden ist aus Steinfliesen, weil man die besser sauberhalten kann. Im Winter tragen Hinschens schwarze Wollstrümpfe in ihren Holzpantoffeln – und dicke graue Schals um die Hälse. Im Winter haben alle drei Hinschens rote Nasen, Frost in den Fingern und chronischen Schnupfen.

Im Sommer sind Hinschens die einzigen Menschen in unserer Gegend, die nicht übermäßig zu schwitzen brauchen, denn der Fußboden ist aus Steinfliesen, weil die leichter sauberzuhalten sind. Im Sommer finden Hinschens – mit erstaunten Mündern – die Hitze doch ganz erträglich und sie behalten ihren pfirsichfrischen Geruch. Dann werden sie von allen Kunden beneidet.

Auch, weil sie dann mehr Buttermilch haben und ihr Geschäft um halb fünf zuschließen können, weil die Milch dann alle oder sauer ist. Herr Hinsch ist groß, gut und gemäßigt grämlich. Frau Hinsch ist klein, flink und freundlich. Aber Elsie ist mucksch. Schon immer. Seit sie fünfzehn Jahre alt war, ist sie so. Vorher war sie, wie alle sind.

Nachts rumpumpeln die gewaltigen Überlandwagen wie überschwere Artillerie durch die verstummten Straßen und bleiben tief innerlich schnaufend und mit allerlei Eingeweiden rasselnd – als hätten sie verrostete Bronchien – vor den Milchläden stehen. Sie kommen nachts, damit die Menschen morgens Milch zum Kaffee nehmen können. Die Fahrer, die Bändiger dieser glutäugigen Untiere, sind Idealisten und Helden. Sie nehmen den mürbemachenden Minnedienst in den ungeahnten Gefahren der Nacht auf sich, damit man morgens Milch zum Kaffee trinken kann.

Damals war Elsie fünfzehn verspielte normale Jahre alt, blond und beinahe zu gut genährt. Damals kamen auch die Milchwagen – nachts – und dann verließen die drei Hinschens das ereignislose Paradies ihrer Betten so selbstverständlich (auch ohne schwertbehangenen Engel!), so selbstverständlich gaben sie die weiche Wärme ihrer Betten auf, als ob es nichts Selbstverständlicheres auf der Welt gäbe, als nachts neunzehn volle Milchkannen abzuladen und neunzehn leere Kannen aufzuladen.

Elsie war sehr blond und sehr gut genährt und sie war fünfzehn Jahre alt, und es war eine geheime Lust für sie, das von allerhand seltsamen Träumen überhitzte Bett zu verlassen und unter den geheimnisvollen Sternen einige und windkühle Eisenkannen gegen die dünnen Kleider zu drängen. Das war wie Eisessen, wie Baden oder Limonadetrinken im Sommer – nur merkwürdiger.

Die heldischen Reiter der mehrachsigen, spritsaufenden Milchkühe, diese Cowboys der Großstadt, hatten das sehr bald herausgekriegt, das Blonde, Breithüftige, das nachts so nach Abkühlung verlangte. Mein Gott, im Mondlicht sind alle Mädchen Madonnen, auch die breithüftigen.

Helden, selbst wenn sie Idealisten sind, Helden, die sich nachts schnell neben den Wagen stellen, um das Bier der letzten Stadt loszuwerden – gleich, ob die Frauen oder Töchter der Hinschens (denn alle Milchleute heißen Hinsch) ihnen zusehen oder nicht – diese Helden sind niemals zimperlich. Helden können nicht die Behutsamkeit von Feiglingen haben – sie müssen gewalttätig und brutal sein.

Trotzdem ließ sich das Kind mit den breiten Hüften vor Schreck und Angst die schwere Kanne auf den Kopf fallen, als sie sie mit beiden Armen zum Wagen hochstemmen wollte und plötzlich einen Mann durch ihre Röcke an sich fühlte.

Der Held hatte diesen Augenblick, in dem sie die Brust so aufdringlich vorreckte, aber mit beiden Händen die Kanne umklammern mußte, für den günstigsten gehalten, und seine Arme, die gewohnt waren, mit mehreren hundert Pferdekräften umzuspringen, griffen nicht sonderlich zartfühlend zu (das können Helden sich nie erlauben!).

Blonde Mädchen, denen im Sommer das Bett und das Blut zu heiß wird, brauchen nicht immer eine breithüftige Seele zu haben. Ihre Seele kann einfältig und zerbrechlich wie Kinderspielzeug sein – und Erwachsene zerdrücken es in einer Sekunde. Mädchen, die Milchkannen anpacken wie Artilleristen ihre Granaten und den Druck des harten Metalls wohlig auf der Haut empfinden, brauchen nicht unbedingt eine breitbusige Seele zu haben. Es kommt vor, daß sie die süßeste, sauberste und silbrigste Seele von der Welt haben – süß wie Blumenduft, sauber wie frische Milch und silbrig wie die Feenflügel mancher nächtlicher Insekten.

Der Held, der Herr über ein Heer von Pferdekräften war, verlor die Herrschaft über sein Herz. Über sein Herz? Doch, vielleicht auch über sein Herz. Er wollte Elsie nehmen wie eine Kurve, in die man – ohne Gas wegzunehmen – hineingeht, er wollte sie herumwerfen, wie er sein Lenkrad herumkriegte, und von ihr wie von einer Milchkanne mit seinen behaarten Tatzen Besitz ergreifen.

Aber da war die silberige Seele, die hauchempfindlich und verletzlich war wie der Glanz auf Mottenflügeln, zu Tode erschrocken unter den öligen Pranken der Wirklichkeit – blitzschnell stahl sich die volle Kanne aus den entseelten Händen und schlug eine unheimliche Glut aus dem Mädchenkopf: auf dem blonden Scheitel blühte dikkes, dunkles Blut.

So war das damals, als Elsie nach langem Krankenlager nicht mehr war wie sonst, nicht mehr war wie alle. Sie verkümmerte wie eine Primel, der die Leute kein Wasser bewilligten und der das Fenster, hinter dem sie nun stehen muß, keine Sonne gönnte.

Die Leute sagten: Sie ist schräge. Hinschens sagten: Sie ist mucksch. Sie selbst sagte nichts. Sie gab überhaupt nur noch Stichworte zu ihrem Leben, denn ihre silberige Seele, die zerdrückt war wie ein Mottenflügelchen, umschwärmte immer noch ihren Helden, der sein Gehirn vielleicht längst an einem Chausseebaum oder an einem Brückenpfeiler dem Gott der Technik geopfert hatte. Vielleicht hatte er sich auch sein unbeherrschtes, liebestolles, übervolles Herz von den nilpferdhäutigen grauen Gummirädern eines fremden Überlandwagens breitwalzen und ausquetschen lassen, daß ihm Sehen, Hören und Vergewaltigen für dieses Dasein vergangen war.

Wenn nächtens die massigen Milchautos vor Hinschens Schlafzimmerfenster zitternd, ächzend und polterig bremsen, dann erhebt sich mit den drei Hinschens – Vater Hinsch, Mutter Hinsch und Tochter Hinsch – auch Elsies unruhige Seele und fängt an, von dem Glockengedröhn der aufs Pflaster wuchtenden und aneinanderschlagenden, klagenden Milchkannen aufgeregt und aus ihrem Primelstumpfsinn aufgescheucht, mit zerdrücktem Mottenflügel scheu versteckte, aber doch berauschende Flugversuche zu machen. Vielleicht sucht sie ihren Helden mit dem Vorsatz, nun nicht mehr so ängstlich zu sein wie damals – aber sie wird ihn nicht finden. Und sie liegt noch lange, wenn das Milchauto verschwunden und sein Glokkenläuten verstummt ist, wach.

Der Stiftzahn oder Warum mein Vetter keine Rahmbonbon mehr ißt

Es war ein niedliches kleines Kino. Und niedrig. Es roch nach Kindern, Aufregung, Bonbon. Es roch im ganzen Klub nach Rahmbonbon. Das kam davon, weil man vorne neben der Kasse welche kaufen konnte. Für zehn Pfennig fünf Stück. Deswegen roch es nach Rahmbonbon an allen Enden. Aber sonst war es ein niedliches Kino. Und niedrig. Es gingen kaum zweihundert Menschen hinein. Es war ein richtiges kleines Vorstadtkino. Eines von denen, die man gutmütig Flohkiste nennt. Ohne Gehässigkeit. Unser Kino hieß Viktoria-Lichtspiele. Sonntags nachmittags gab es Kindervorstellungen. Für halbe Preise. Aber die Rahmbonbon waren beinahe noch wichtiger. Sie gehörten dazu, zum Sonntag, zum Kino. Fünf Stück einen Groschen. So rentierte sich das auch für den Besitzer.

Leider besaß mein Vetter dreißig Pfennig. Das waren eine Unmasse Rahmbonbon. Wir waren mit die Glücklichsten unter den zweihundert Kindern. Ich nämlich auch. Denn ich saß neben ihm und dafür war er mein Vetter. Wir waren sehr glücklich. Das *leider* kam erst später.

Dann wurde es langsam und genießerisch dunkel. Das schmatzende Lutschgeräusch von zweihundert Mäulern flaute augenblicklich ab. Statt dessen wälzte sich ein

Indianergeheul, Fußgetrampel und anhaltendes Pfeifkonzert durch das kleine Kino. Selige Freudenkundgebung allsonntäglich zum Beginn der Vorstellung.

Dann war es dunkel. Die Leinwand wurde hell, und hinten surrte etwas. Dann gab es auch noch Musik. Das Indianergeheul brach ab. Man hörte wieder das Lutschen an allen Enden. Und beinahe zweihundert Herzen schlagen. Der Film begann.

Hinterher kann man das nie mehr so genau auseinanderhalten. Auf jeden Fall wurde sehr viel geschossen, geritten, geraubt und geküßt. Alles war in Bewewegung. Und vor der Leinwand zweihundert lutschende Zungen. Wenn man nachher im Hause erzählen sollte, wußte man nur noch, daß geschossen, geritten und geraubt wurde. Das Küssen unterschlug man. Das war ja sowieso Quatsch.

Je mehr auf der Leinwand geritten und geschossen wurde, um so mehr wurden die Rahmbonbon von einer Backe in die andere geschoben. Und das konnte man alles hören. Eine wüste Flucht zu Pferde auf der Leinwand – und das Lutschgeräusch schwoll an wie ein Wasserfall.

Es roch nach Kindern, Aufregung, Bonbon. An allen Enden nach Rahmbonbon.

Plötzlich, gerade wurde der blonde, heldenmütige Held auf seinem treuen Schimmel von sieben schwarzbärtigen Räubern über die Leinwandprärie gejagt – gerade sandte er einen dringenden Heldenblick zum düster bewölkten Tragödienhimmel –, gerade zogen die verbrecherischen Verfolger ihre haarscharfen Trommelrevolver und verbargen sich hinter einer riesigen Hecke von blühenden Kakteen – da schrie es!

Das war an sich nichts Besonderes, denn alle aufregenden Vorgänge auf der Leinwand wurden mitfühlend durch die Aufschreie von zweihundert Kindermäulern untermalt und kommentiert. Aber dieser Schrei war aus der Art gefallen. Er war zu groß und zu erschrocken. Es lief mir heiß den Rücken herauf. Und mir ganz besonders, denn der geschrien hatte, war mein Vetter. Und dann schrie er noch einmal. Laut und wehklagend wie ein getretenes Hündchen. Und dann zum drittenmal: Entsetzt und nicht zu überhören. So schrie mein Vetter.

Er hatte Erfolg. Das, was über die Leinwand gelaufen war, blieb mitten im Laufen stehen und surrte nicht mehr. Die Musik machte auch nicht mehr mit, und das Licht ging an.

Es war nicht leicht, aus dem Heulenden, Schimpfenden, Schluchzenden, das vorher mein Vetter gewesen war, herauszubekommen, was den Ansporn zu seinem dreiteiligen Schrei gegeben hatte. Aber dann verstand man ihn doch und der Kinobesitzer, der zugleich Kassierer und Rahmbonbonverkäufer war, widmete seinen Rahmbonbon einen männlichen Fluch. Und insbesondere den Rahmbonbon, die er an meinen Vetter verkauft hatte.

Aber Schuld hatte er natürlich selbst, mein Vetter. Wie oft und eindringlich war ihm zu Hause und vom Zahnarzt eingeschärft worden, um Himmels willen nie und niemals Rahmbonbon zu essen. Er hatte es trotzdem getan. Dabei war es passiert. Der Stiftzahn – mein Vetter trug damals schon, und er wurde von uns allen bestaunt und daran geachtet, einen richtigen Stiftzahn – dieser Stiftzahn hatte sich von der Rahmbonbonmasse betören lassen und hatte seinen Stift heimlich verlassen.

Und da mein Vetter bei den atemberaubenden Vorfällen auf der Leinwand den Mund vor Atemnot weit aufsperrte, war der Stiftzahn heimtückisch und häßlich aus der Gemeinschaft seiner Brüder entflohen und abenteuersüchtig unter den Bänken des Kinos von dannen gerollt.

Nach zehn Minuten mußte das Suchen aufgegeben werden. Der Stiftzahn hatte zu viele Vorteile für sich. Wer hätte sich erkühnen wollen, unter den dunklen Bänken, auf denen zweihundert Kinder hin und her rutschten, einen Stiftzahn wiederzufinden? Pfeifen und Rufen half erst recht nichts. Vielleicht hatte er längst als herzklopfenmachende Beute in einer fremden Hosentasche Unterkunft gefunden. Jedenfalls war er weg.

Es wurde wieder dunkel, die Leinwand wurde wieder hell und bewegte sich da weiter, wo sie stehengeblieben war. Und die Musik machte auch wieder mit. Und neben mir schwiegen schwermütig die tränenerstickten Reste meines vorhin noch stolz lutschenden Vetters.

Einmal geht alles zu Ende. Am ehesten eine Kindervorstellung im Vorstadtkino. Die Leinwand konnte nicht mehr, die Musik auch nicht. Sie waren auch überanstrengt, deswegen machten sie Schluß. Aber dafür gingen zwei immer wieder überraschende Seitentüren vorne auf und ließen weiß und blendend den hellen sonntäglichen Sonntagmittag in das Kino herein. In wenigen Minuten plapperten und klapperten die Zweihundert aus den Türen und ihrem sonntäglichen Abenteuer an die sonntägliche Luft.

Als allerletzte, mit verfinsterten Gemütern und dunklen Vorahnungen, mein zahnloser Vetter und ich. Wir sahen uns an. Stumm und gefaßt. Und beinahe männlich. Trotz unserer zwölf Jahre beinahe schon männlich. Mir kam es allerdings so vor, als ob in den Augen meines Vetters eine ungeheure Warnung für mich lauerte. Diese Warnung sagte: Wenn du jetzt anfängst zu lachen, hau ich dich tot!

Ich lachte nicht. Ich lachte erst fünf Minuten später. Dann aber um so ausführlicher.

Wir waren nur noch zwei, drei Schritte vom Ausgang entfernt, und die Sonntagssonne kam uns, gänzlich unangebracht, freudestrahlend entgegengeblinzelt, da schrie es abermals. Diesmal war ich es, der schrie.

Ich stand und blieb stehen, als ob meine Zehen in einer Mausefalle säßen. Dann schrie auch ich zum zweitenmal. Siegesbewußt:

Mensch, ich hab ihn!

Mein Vetter konnte nur dumm flüsternd fragen: Wen?

Da schrie ich zum drittenmal: Mensch, den Stiftzahn! Ich stehe drauf!

Und damit nahm ich meinen Fuß von dem dicken, roten, dreckigen Teppich hoch. Da lag der Stiftzahn und tat, als ob nichts geschehen wäre! Das harte Steinchen, das gegen meine Sohle gedrückt hatte, war der treulose Zahn. Vierhundert Füße hatten ihn wohl durch das Kino vor sich hergestoßen. Allein hätte er sich kaum so weit gewagt.

Mein Vetter schrie nun auch noch einmal zum Abschluß.

Dann riß er den Stiftzahn an sich, strahlte ihn mit beiden Augen strafend aber doch selig an und beförderte ihn – ohne ihn wenigstens an der Jacke abzuwischen – wieder an seinen Platz.

Und dann konnten wir endlich lachen. Bis uns die Tränen in den sauberen Sonntagskragen liefen. Denn auch mein Vetter hätte furchtbar gern gelacht, als der Zahn plötzlich nicht mehr da und weg war. Wenn es nur nicht gerade sein eigener Zahn gewesen wäre. Aber jetzt war er wieder an Ort und Stelle und wir sahen nicht ein, warum wir uns jetzt nicht halbtot lachen sollten.

Rahmbonbon hat mein Vetter nie wieder angesehen. Nicht mal angesehen. Ich kann das verstehen.

Liebe blaue graue Nacht

Es ist nicht wahr, daß die Nacht alles grau macht. Es ist ein unbeschreibliches, unnachahmliches Blaugrau – das Grau für die Katzen und das Blau für die Frauen –, das die Nacht so schwer und so süß ausatmet und das so berauscht, wenn es uns zwischen halb zehn Uhr abends und Viertel nach vier morgens anweht.

Sanfter als der Augenaufschlag eines Babys weht uns das Blaugrau an und es weht uns um, wenn wir ein blindes, hellhöriges Herz haben. Nachts ist unser Herz blind und hellhörig und dann vernimmt es den Atem der Nacht, den blumenblauen, mausegrauen Atem, der uns, die wir ein hellhöriges Herz haben, immer anweht und umwehen wird, wo wir auch sind: Riechst du das tolle betäubende Blau der Nacht, du in Manhattan und du in Odessa?

Riechst du das geborgenmachende Grau, das die Katzen in Rotterdam und Frisco so sinnlich sehnsüchtig singen macht?

Riechst du das Graublau der verführenden Nacht, das alkoholige, sternentauige, das die verdorbensten der Marseiller Mädchen zu Madonnen macht, wenn es sich unter ihren Lidern, in ihren Locken und auf ihren Lippen verfängt?

Riechst du das nebelige, flußdunstige Blaugrau, das uns das Gestern verhüllt und das Morgen versteckt, riechst du das, du in Altona und du in Bombay? Riechst du die

Nacht und berauscht sie dich nicht? Sie berauscht dich nicht?

Reiß dir dein Herz aus, tu es und wirf es der Nacht in den süßen, sinnlichen Schoß! Ihr Atem ist sanfter als der Wimperschlag eines Mädchens, und dein Herz wird aufblühen wie unter unbegreiflichem Zauber.

Die Jungen, die noch nichts wissen, die alles dunkel erst ahnen und kaum beginnen, sie quälen sich nicht. Sie gehen durch die nachtvollen, durch die nachtübervollen Straßen – ziellos, wortlos, zeitlos.

Vielleicht gehen sie nur zwei oder drei Stunden nebeneinander, nah nebeneinander, vielleicht gehen sie so – nah, ganz nah –, bis es anfängt, hell zu werden. Manchmal versucht einer von ihnen ein kleines belangloses Wort, manchmal antwortet es, ängstlich vor zuviel Nähe. Ach, nicht zuviel, vor so viel Nähe! Kann sein, sie kommen immer wieder dieselben Straßen gegangen und über dieselben verödeten, verhexten Plätze, die jetzt alle viel mehr da sind, weil der Tag ihnen das Gesicht nimmt. Kann sein, sie verlaufen sich an die Peripherie des Steintieres Stadt, wo Gärten, Alleen und Parks feierlich übertaut und sonntäglich ungewohnt sind.

Sie haben sich an die Peripherie der unendlichen Steinwüste (ach, von wegen Wüste!) geträumt und nun stehen sie mit erschrockenen Ohren und nassen Schuhsohlen: O Gott, was ist das?

Frösche.

Frösche? Quaken die so laut?

Sie singen, Lisa, sie sind verliebt. Dann singen sie so laut.

Na, Mensch, singen?

Laß sie man – ich finde das ganz nett.

Nett, ja – aber singen? Ich glaube, sie lachen. Du, die lachen über uns!

Wieso? Über uns?

Weil es schon seit ein paar Minuten regnet – und weil wir mitten im Regen stehen und weil wir es nicht gemerkt haben.

Sommerregen ist nützlich. Er macht größer, wenn man keine Mütze auf hat.

Willst du größer werden? Ich bin doch auch nicht größer.

Damit ich größer bin als du, Lisa.

Mußt du denn größer sein als ich, du?

Ich weiß nicht. Ich finde.

Komme mir keiner und sage, daß er den Regen nicht liebe. Ohne ihn würde die Sonne uns alle ermorden. Nein, komme mir keiner – wir haben allen Grund, ihn zu lieben!

Gibt es einen schöneren Gesang als einen nächtlichen Regen? Ist irgend etwas so heimlich und so selbstverständlich, so geheimnisvoll und schwatzhaft wie der Regen in der Nacht? Haben wir so abgestumpfte Ohren, daß wir nur noch auf Straßenbahnklingeln, Kanonendonner oder Symphoniekonzerte reagieren? Vernehmen wir nicht mehr die Symphonien der tausend Tropfen, die bei Nacht auf das Pflaster plauschen und rauschen, lüstern gegen Fenster und Dachziegel flüstern, die den Millionen Mücken Märchen auf die Blätter, unter denen sie sich verkrochen haben, leis dommeln und trommeln, uns durch die dünnen Sommerkleider auf die Schulter tropfen und klopfen oder mit winzigen Gongschlägen in den Strom glucksen? Vernehmen wir nichts mehr als unser eigenes lautes Getue?

Aber den halberwachten Kindern erzählt der Regen noch Geschichten in der Nacht. Für die Kinder lacht und weint er nachts gegen die Scheiben – gegen ihre kleinen rosigen Ohren. Und er tröstet sie wieder in ihr Traumland zurück.

Jauchzen nur noch die Kinder über Pfützen und überschwemmte Rinnsteine? Lachen nur noch die Kinder über die dicken, dicken Tropfen, die auf der Nase zerplatzen? Liegen nur noch die Kinder andächtig ängstlich wach, wenn der Regen draußen die selbstverständlichsten Geheimnisse der Welt austratscht? Macht der Regen nur noch Kinderaugen still und groß und blank?

Dann wollen wir die dumme abgetragene, aufgeblasene Würde des Erwachsenseins wie eine vermottete Wolljacke ausziehen und auf einen großen Haufen werfen und verbrennen – und uns den himmlischen Regen, den Sohn der See und der Sonne, durch die Locken ins Hemd laufen lassen. Komme keiner und sage, das wäre keinen Schnupfen wert!

Der Gemüsemann unten schimpft keinen Augenblick, als die erste Legion Tropfen in geschlossener Formation die Kellertreppe abwärts strömt und ihn aus dem Schlaf plätschert. Er knufft seine Frau in die gepolsterten Rippen, bis sie die Augen aufmacht, und dann schleppen sie beide ohne zu mucken die schweren, vollen Gemüse- und Obstkisten aus dem Laden raus in den engen Hinterhof. An dem langen heißen Tag war alles welk und traurig geworden. Bis morgen früh würde der Nachtregen eine gute Dusche sein für den staubigen Inhalt der Kisten.

Der Regen klatscht noch ein paar Stunden mit unzähligen nassen Lappen gegen die Hauswand und in den Hof – die Gemüseleute sind längst wieder eingeschlafen. Ihre breiten, apfeligen Gesichter sehen beinahe ebenso zufrieden aus den Kissen wie der alte Unterrock, den die Frau unter die Treppe gelegt hat. Behaglich, wollüstig, selig liegt er in den Legionen herunterkleckernder Tropfen, die die tollsten Dinge von draußen wissen – so begierig ist der blaue Wollunterrock auf die wahren Begebenheiten der unwahren Welt, daß er den Regen aufsaugt, bis er sich totgelogen hat. Am Morgen wird die Treppe trocken sein – aber der alte Rock wird dick und geschwollen sein wie eine große, große Kröte!

Und in einem Hauseingang:

Ich finde es schick, daß wir jetzt so eine gute Ausrede haben. Bei dem Regen konnten wir unmöglich pünktlich nach Hause kommen. Ich finde es prachtvoll – du auch?

Wo du bist, ist es immer schick! Aber du frierst – soll ich dir meine Jacke geben?

Natürlich, damit du morgen krank bist. Komm, leg sie uns beiden über, dann können wir uns gegenseitig wärmen.

Die Frösche singen immer noch, hörst du?

Meinst du, der Regen hat ihre Liebe noch nicht abgekühlt?

Meinst du, der Regen kann Liebe abkühlen?

Och, ich weiß ja nicht, wie ehrlich die Frösche es mit ihrem Gesang meinen. Ausdauer haben sie jedenfalls.

Meine Liebe könnten keine zehn Wolkenbrüche abkühlen, im Gegenteil!

Aha. Wen liebst du denn so innig, hm?

Oh, jemanden, der mit aufgeweichten Locken und nassen Füßen unter meiner Jacke zittert.

Du, wir wollen lieber nicht davon reden, jetzt nicht, ja? Hier ist es so dunkel und so einsam und wir stehen so dicht zusammen – genügt das nicht? Laß uns still sein, bitte. Das ist doch auch viel schöner, nicht, du?

Es regnet, es ist dunkel und einsam und wir stehen dicht zusammen – ja, klar – das ist schön! …

Nach siebenundzwanzig Minuten:

Du, der Regen ist ein Engel! Meine Mutter hätte mächtig getobt, wenn sie gemerkt hätte, daß ich mich angemalt habe. Eben siebzehn Jahre geworden und anhübschen wie eine – wie so eine, weißt du, das sagt die Mutter. Jetzt hat der Regen alles abgeleckt und ich brauche mein Taschentuch nicht dreckig zu machen. Ist der Regen nicht ein Engel? …

Nach elf Minuten:

Willst du noch nach Hause, Lisa?

Nee. – Du?

Mensch, wenn das einer hören würde: Wir wollen beide nicht mehr nach Hause! Ja, du, der Regen ist ein Engel!

Das Gewitter

Der Himmel war grün. Und es roch nach Angst. Der Abend roch nach Bier und gebratenen Kartoffeln. Die engen, endlosen Straßen rochen nach Menschen, Topfblumen und offnen Schlafzimmerfenstern.

Der Himmel wurde gelb wie Gift. Die Welt verstummte vor Beklemmung. Nur ein Riesenautobus schnob urweltlich und asthmatisch vorbei. Er ließ eine Andeutung von Ölruch in der Luft.

Die Alster erbleichte und starrte wie ein furchtvolles Tierauge zwischen den Häusermassen zum Himmel. Sie sah das Unabwendbare auf sich zukommen. Und sie erbleichte, daß es aussah, als hätten hunderttausend Fische plötzlich ihre Bäuche nach oben gekehrt. Die Kirchtürme waren ganz nah und wie nackt. Die Stadt duckte sich.

Auf einer Hauswand schleimten sich zwei Schnecken in weltentrückter Gelassenheit grußlos aneinander vorüber. Über sechs Stunden klebten sie sich gegenüber und jede von ihnen hatte erwartet, daß die andere ausweichen würde. Dann setzten sie sich endlich solidarisch zu gleicher Zeit in Bewegung. Und jede machte einen dünnen, glitschigen Silberstrich an die Wand.

Aus dem vielstockigen Haus kam kaum ein Laut. Eine Tür miaute. Und ein Kind fragte etwas. Sonst nichts. Nur unten im Hausflur klopften zwei Herzen. Die gehörten einem jungen Mann und einem Mädchen.

Als sich die beiden Schnecken unter den Blicken der beiden Menschen eine Handbreit voneinander entfernt hatten, klirrte laut und unmißverständlich ein Fenster zu. Ein überraschender Wind jaulte auf, hob einen Fetzen Papier auf, klöterte eine leere Konservendose gegen die Steine und jachterte wie hundert hungrige Hunde durch die gelähmte Stadt. Riesige Regentropfen klatschten kalt und rhythmisch auf die Straßen.

Als der erste Blitz wie ein Riß über den Himmel ging, griff das Mädchen nach der Hand des jungen Mannes und drückte sie gegen ihre Brust. Der Donner bellte gereizt über den Dächern. Die beiden Menschen schlossen für Sekunden die Augen.

Der junge Mann war ein typischer Mann. Er wollte die so leicht gewonnene Stellung nicht nur halten, sondern nannte das Gewitter für sich ein unverschämtes Glück. Und er legte die andere Hand daneben und zog das ganze an sich.

Das Ganze, das Mädchen, sah ihn an, als sähe sie ihn zum erstenmal. Er nickte ihr großartig zu: Ja, das habe ich nun getan. Aber da nahm sie seine Hände von sich ab, schnell und stumm. Und weil sie ihn verstand, atmete sie erregt: Ja, du, das verstehe ich nicht. Dann lief sie in den Regen hinaus.

Der junge Mann war ein typischer junger Mann. Er sah die unwahrscheinlich dicken, nassen Tropfen und hob die Schulter: Nein, ich verstehe das auch nicht. Kopfschüttelnd nahm er die eine Schnecke und backte sie wieder dahin, wo sie vor einer Stunde gewesen war. Er wischte sich die Hand an der Hose ab und setzte sich erschlagen auf die Treppe. Er kaute grimmig auf einem Gummiband.

Allmählich verblaßten die Blitze. Die Donner dämpften ihre Wut. Die Alster schwatzte glucksend mit den dicken Regentropfen. Es roch fruchtbar nach Milch und Erde. Die Rinde der Bäume war blaugrau und blank wie die Haut eines Elefanten, der eben aus dem Fluß steigt. In einer Nebenstraße zischte ein Auto durch die Pfützen.

Der junge Mann sah abschätzend zum Himmel. Da hing ein schmaler Mond. Der Himmel war durchsichtig und sauber wie eine frisch geputzte Fensterscheibe. Die Luft war seidig und die ersten Sterne stickten ein zaghaftes Muster in die aufkommende Nacht. Man hörte die Menschen tief atmen im Schlaf. Aber die Bäume, die Blumen und das Gras waren wach und tranken. Der letzte Donner war so klein, als wenn ein Kind einen Stuhl rückt.

Die Mauer

Zuletzt bleibt nur der Wind. Wenn alles nicht mehr sein wird, Tränen, Hunger, Motor und Musik, dann wird nur noch der Wind sein. Er überdauert alles, Stein und Straße, selbst die unsterbliche Liebe. Und er wird in dem kahlen Gesträuch über unsern verschneiten Gräbern tröstlich singen. Und er wird an den Sommerabenden mit den süßen Blumen verliebt tun und ihnen zum Tanz spielen – heute, morgen, immer.

Er ist die erste und letzte große Symphonie des Lebens und sein Atem ist die ewige Melodie, die über Wiege und Sarg singt. Und neben seinem Raunen, Orgeln, Lispeln, Donnern und Pfeifen hat nichts anderes Bestand. Auch der Tod nicht, denn der Wind singt über den Kreuzen und Knochen und wo er singt, da ist das Leben. Denn die Blumen sind ihm verfallen und sie lachen über den knochigen Tod, die Blumen und der Wind.

Weise ist der Wind, denn er ist alt wie das Leben.

Weise ist der Wind, weitlungig und weich kann er säuseln, wenn er will.

Sein Atem ist eine Macht und es gibt nichts, das ihn hindert.

Es war eine vereinsamte, zerborstene alte Mauer, die einmal zu einem Haus gehört hatte. Nun stand sie wankend und sah hohläugig nach dem Sinn ihres Lebens aus. Und sie hob sich dunkel in den Himmel, drohend, demütig, verlassen.

Als der Abendwind sie in seine weichen Arme nahm, schwankte sie leise und seufzte. Seine Umarmungen waren warm und weich, denn die Mauer war alt und gebrechlich und traurig geworden. Seine Umarmung tat ihr gut, sie war so weich, und sie seufzte noch einmal.

Was hast du? fragte zärtlich der junge Wind.

Ich bin einsam. Ich bin sinnlos. Ich bin tot – seufzte die alte Mauer.

Ach, du bist traurig, weil sie dich vergessen haben. Du hast sie ein Leben lang geschützt, ihre Wiegen, ihre Hochzeiten, ihre Särge. Aber sie haben dich vergessen. Laß sie, die Welt ist undankbar – das wußte der junge Wind, der so weise war.

Ja, sie haben mich vergessen. Ich habe meinen Sinn verloren. Oh, sie sind undankbar, die Menschen – klagte die alte Mauer.

Mach Schluß! – hetzte der Wind.

Wieso? fragte die Mauer.

Räche dich – wisperte der Wind.

Wie denn? wollte sie wissen.

Stürze – raunte er wollüstig.

Warum? gab sie zitternd zurück.

Da bog der junge Wind die alte Mauer etwas vor, daß ihre steifen Knochen knisterten und sie sah, wie zu ihren Füßen tief unten die Menschen vorbeihasteten, die undankbaren Menschen. Und sie bebte am ganzen Körper, die alte, verlassene Mauer, als sie die Menschen wiedersah und als sie den Wind fragte: Stürzen? Kann – ich – stürzen?

Willst du? Dann kannst du – orakelte der weltweise Wind.

Ich will es versuchen – seufzte die Mauer – ja!

Dann stürze! schrie der Wind und riß sie in seine jungen Arme und bog sie und drängte sich an sie und hob sie ein wenig und brach sie. Dann ließ er sie los, und sie stürzte.

Weit neigte sie sich vor. Tief unter ihr wimmelten die undankbaren, vergeßlichen, treulosen Menschlein, denen sie ihr Leben lang eine treue Mauer gewesen war. Und als sie die kleinen Menschen so winzig und fleißig wimmeln sah, da vergaß sie ihren Haß und ihre Rache. Denn eigentlich liebte sie die Menschen, die wimmelnden, winzigen. Und da tat es ihr leid und sie wollte sich noch im letzten Augenblick wieder aufrichten.

Aber da war der Wind auf der Hut. Und er gab der alten gebrechlichen Mauer einen Fußtritt, daß sie krachend und kreischend auf die Straße niedersauste.

Sie erschlug eine ältere Frau und zwei Kinder und einen jungen Mann, der gerade aus dem Krieg nach Hause kam. Laut schrie sie auf, die sterbende, zerbrochene alte Mauer und fragte mit ihrem letzten knisternden Atem den jungen Wind:

Warum? Warum hast du das getan? Ich liebte sie doch!

Aber der Wind lachte, als es mit der Mauer zu Ende ging. Er hatte überschüssige Kraft und war uralt an Weisheit. Er lachte über das Leben, denn er wußte, daß es so kommen mußte. Und er hatte kein Herz, der uralte junge Wind.

Aber er konnte weich sein, wenn er wollte. Und so sang er die alte Mauer, die unter Seufzern starb, weil sie vier Menschen erschlug, in den ewigen Schlaf.

Aber dann lacht er wieder, der junge Wind, denn er überdauert alles: Stein und Straße und selbst die unsterbliche Liebe.

Tui Hoo

Während eine kleine pralle, wildlederne Wurst rhythmisch über den hellrotlackierten Fingernägeln hin und her fuhr, schob sich das Kalenderblatt vor die wässerigen Fischaugen Ludowicos: 25. April. – 25. April? Ludowico markierte einen asthmatischen Seufzer und ließ die Schultern wieder absacken: 25. April? Keine Ahnung. Die Wildlederwurst polierte leicht erhitzt, aber mit unvorstellbarem Stumpfsinn diese schaufelförmigen Fingernägel, die schon in allerhand Unrat gegraben haben mochten. Sie wußte auch nichts vom 25. April.

Plötzlich hielt sie mitten in der Bewegung still, als horche sie nach der Uhr, in der es keuchend zu kichern anfing. Ganz still nicht, denn Ludowicos große, schwache Hand zitterte noch leicht von der Anstrengung des Polierens nach. Na ja, mit siebenundsechzig Jahren hatte man nicht mehr die Kräfte eines Jünglings, wenn man auch sonst – und aus dem Eckspiegel nickte es bejahend zurück – noch ganz passabel aussah. Oberkoch auf den großen Luxusdampfern der Überseelinien zu sein, war ein geistiger und künstlerischer Beruf, der keine Muskeln an den Armen züchtete. Als Stift, da man mit Riesenlöffeln in Riesensuppenkesseln herumgefuhrwerkt hatte, bekam man wohl ganz schöne Pakete am Oberarm, aber, mein Gott, das war ein halbes Jahrhundert her. Jetzt saßen die Pakete an der Gürtellinie, aber dafür waren die Geruchs- und Geschmacksnerven derart verfeinert, daß man es zu einem gewissen künstlerischen Ruhm gebracht hatte.

Die Lederwurst schwebte so lange über der linken Hand, bis sich die muschelverzierte Uhr von ihren neun hustenden Stößen beruhigt hatte. Dann behauchten Ludowicos Karpfenlippen noch einmal zärtlich den viel zu langen Daumennagel, und das Wildleder bügelte die letzte Mattheit zu einem rosigen Hochglanz auf. Zwei dünne Arme und zwei dünne Beine stemmten die doppelzentnerschwere Rundlichkeit aus dem Korbsessel hoch, Lederwurst, Polierstein und Nagelfeile purzelten kopfüber in einen Kasten, und Ludowico bewegte sich in Richtung des Spiegels, um sich nach kurzer Kontrolle der Frisur befriedigt zuzuwinken: Also dann, Ludowico!

Bevor ein italienischer Graf aus alkoholischem Übermut durch die Eßhalle geschrien hatte: Holla, alte Tonne, noch zwei Pfund Kaviar! Ludowico – Ludowico! Noch zwei Pfund Kaviar, hörst du? – bis dahin hatte Ludowico brav und bieder Ludwig Marusche geheißen, war in Hamburg-Altona geboren und kam gelegentlich mit dem kleinen Finger in die Nähe seiner Nasenlöcher. Inzwischen hatte sich Ludowico in einen flauschigen Mantel hineingewühlt, eine vornehme Melone auf den Hinterkopf gestülpt und stand nun unten vor der Haustür. Man war zwar mit siebenundsechzig nicht mehr so übermütig jung, aber man war noch ganz gut in Form und hatte sich ein schönes Sümmchen auf den Ozeanen zusammengekocht. Jetzt war man stiller und gutgekleideter Chef eines großen Nachtlokals, schlief bis zum Mittagessen und sah abends mal nach dem Rechten, winkte den Stammgästen ein Hallo zu und machte den ganz anständigen Mädchen ein paar nicht ganz so anständige, geflüsterte Komplimente. Das konnte man mit siebenundsechzig Jahren noch ganz gut, zumal die Goldgrube mit dem Namen ›Rote Christine‹ in den süßen und geschäftstüchtigen Händen von Lotti und Irma war, die man irgendwo aufgelesen hatte und die jetzt an einem hingen wie zwei leibliche Töchter.

Der Mond, die alte blasse Zitrone, seilte lautlos und lüstern um den schlanken Leib von St. Katherin, deren grünspaniges Haar wie ein eingeschlafener Möwenschrei über dem Mosaikteppich der dunkelroten Dächer stand. Der Nebel spukte in geflickten Unterhosen vom Hafen her durch die leeren Straßen, bis er träge an einer einsamen Laterne hängenblieb. Manchmal schrie eine Katze – oder eine Frau. Manchmal waren auch Schritte da, wuchsen von irgendwoher an und starben nach irgendwohin ab. Es ist eigentlich etwas still – dachte Ludowico und warf seine Beine beschleunigt aus den Bauchfalten heraus, als spekuliere ein wütender Hund von hinten her auf seine Hosen. Dünn und ängstlich kleckerte der Takt seiner Absätze gegen die endlosen Häuserwände, in denen nur hin und wieder ein grüner oder roter Lampenschirm die Langweiligkeit unterbrach.

Es brummelte. Unten im Hafen. Es brummelte und grummelte, johlte und hohlte, pfiff und keifte. Und es lärmte langsam näher. Immer näher und immer lauter. Ludowico blieb stehen und stand wie ein Denkmal. Ohne Bewegung, ohne Gedanken, ohne Atem. Nur seine Ohren wuchsen, wuchsen ins Ungeheuere, wurden zu riesigen Trichtern, denen kein Glucksen und kein Mucksen entging. Und da kam ihm diese Musik plötzlich bekannt vor. Seine Hände flatterten hoch an den Hals, aber es gelang ihm kein Schrei mehr, denn da fegte Tui Hoo um die Ecke, schlug ihm schallend das Maul zu und jagte ihm den Angstschrei die Kehle wieder hinunter.

Tui Hoo hatte keinen Respekt vor Denkmälern. Nicht etwa, weil sie feist waren und rotlackierte Fingernägel hatten – nein, Tui Hoo war kein Spießbürger, der sich über seinen Nachbarn aufregte, weil er einen komischen Hut trug. Er verkehrte häufig mit Damen, die Zigarren rauchten und heiser waren wie Gießkannen, oder mit Männern, die Ohrringe trugen und deren Hosenbeine weit waren wie Frauenkleider. Nein, kleinlich war Tui Hoo nicht. Aber Denkmäler, denen vor Bangbüxigkeit das Herz aussetzte, Denkmäler, die feige waren und nur siebenundsechzig Jahre alt wurden, weil andere mit fünfzehn Jahren dran glauben mußten – solche Denkmäler haßte Tui Hoo, und er sprang sie fauchend an, wie eine überreizte, ausgehungerte Raubkatze, wie – ja, wie ein regelrechter rebellischer Sturmwind, der gut und grausam war wie seine Mutter, das Meer, und der von Rechts wegen zwischen Heringskuttern und Holzfrachtern zu Hause war, der sich zwischen Toppmast und Klüverbaum mit einsilbigen Matrosen unterhielt. Aber manchmal verrannte er sich stromaufwärts in die Hafenstadt und dann rammelte und rasselte er an den Herzen und Fenstern der Wohlbehüteten, als wolle er auch sie seine Macht fühlen lassen. Und wenn Tui Hoo an Land ging, dann kaufte er sich immer einen guten alten Bekannten, der ihm auf See entgangen war und der auf See ein Hund war. Die kaufte er sich, Tui Hoo, der alte Zerzauste, das grüne, blaue Kind, das mit den Fischen spielte, Tui Hoo, der tolle Flötenspieler, der große Organist, der himmlische Musiker. Tui Hoo, der Atem der Welt.

Kennst du ihn noch, Ludwig Marusche? Hö, Marusche, du kennst Tui Hoo nicht mehr? Tui hoo hoo – weißt du noch, Ludwig, als du vor zwanzig Jahren Koch auf der ›Schwarzen Karin‹ warst? Hast du das ganz vergessen, harmloser älterer Herr, ja? Ganz vergessen?

Mit schiefem Hals kämpfte Ludowico sich durch die stillen Straßen, in denen Tui Hoo auf seinem Leierkasten orgelte. Aber Tui Hoo, der Seewind, war kein langweiliger, zahnloser Leierkastenonkel, er war nicht umsonst mit allen Meerwassern gewaschen: hupp – nahm er den Alten unerwartet von hinten an, spielte mit dem vor Angst überlaufenden Doppelzentner Ball, faßte mit tausend Fingern die gewellte Tolle, ließ sie einen Atemzug lang steil zum Himmel stehen, und dann wirbelte er die steifen Pomadensträhnen so durcheinander, daß dem eitlen alten Buben der Angstschweiß in die Augenbrauen rieselte.

In irrsinnigem Tempo hetzte Tui Hoo seine Opfer über lebensgefährlich holperiges Pflaster, pustete nebenbei die sowieso mageren Laternen aus und dann nahm er, als hätte er ihn vergessen, plötzlich seine Puste aus dem Segel, daß Ludowicos Mantel seine maßlosen, formlosen Blähungen verlor und wie ein Stück Kartoffelschale an ihm heruntertorkelte. Tui Hoo ließ ihn einfach stehen in der stockdunklen Nacht. Aber schon hob er den Taktstock für den nächsten Satz des tollen Konzertes. Den zu Tod erschöpften Ludowico überfiel es an der nächsten Ecke mit tui und mit hoo von vorn, daß er die ganze Wucht seiner zwei Zentner dagegenstemmen mußte, um nicht aus den Lackschuhen zu kippen.

Hoo hoo, Marusche, alte Sandale, hab ich dir deine Gehirnwindungen freigelegt von Staub und Angst und Kalk? Erinnerst du dich gnädigst, ja? Weißt du noch?

Oh, du weißt noch! Vor zwanzig Jahren auf der ›Schwarzen Karin‹, wo die Maaten mich Tui Hoo nannten. Denkst du nicht mehr an die Nacht vom 25. April, alte feige Sandale, hoo?

Ja, das war Tui Hoo, der Freund der Beherzten, der Feind der Feigen. Das war Tui Hoo, der den Mädchen die Röcke gegen die Knie drückte und die Fliegen von den Wiegen der Wickelkinder verscheuchte. Das war Tui Hoo, der als Würger und Zerschmetterer, der als Spuk, als Mörder und Totschläger zu seinen Feinden kam. Das war Tui Hoo!!! Und nun hustete und pustete er diesen abgewrackten, aufgetakelten, feisten Barbesitzer durch die einsame, sternenlose Nacht, durch eine Nacht ohne Erbarmen.

Da stoben Fetzen Papier aus dem Rinnstein hoch – Zeitungspapier, Butterbrotpapier, zerrissene Liebesbriefe: Kalenderblätter ohne Ende – 25. April – 25. April – 25. April. – Tui Hoo ballte seine Faust und hob sie zu einem unausweichlichen, unfehlbaren Schlag. Und er schrie den Koch der ›Schwarzen Karin‹ an: Denk an den 25. April, du Hund! Und dann schlug Tui Hoo zu mit seiner ganzen Kraft, die Dächer abdeckte und Dreimaster häuserhoch schleuderte, und warf den Koch Ludowico Marusche von der ›Karin‹ die Kellertreppe zu seinem eigenen Nachtlokal kopfüber hinunter, daß er schwer mit seinem vor Angst gelähmten Gehirnkasten gegen die Tür dröhnte.

Die ›Rote Christine‹ war eine seriöse Nachtbar – und wenn plötzlich etwas mit voller Wucht gegen die Tür donnerte, dann war das in der ›Roten Christine‹ eine Sensation! Es dauerte einige Sekunden, bis Irma in dem über und über mit Dreck bespritzten alten Mann ihren Chef, ihren lieben guten Bubi erkannte. Das, was in den Nischen und auf den Barhockern saß, ergoß sich neugierig entsetzt aus der Bar um den Liegenden, der es sich so komisch verrenkt vor seiner eigenen Tür bequem gemacht hatte. Aber sie mußten ihn so auf der Kellertreppe liegen lassen, denn bei der geringsten Bewegung brach ihm das Blut aus dem verzerrten Mund.

Hilflos, aufgescheucht und verlegen, frech oder sachlich umstanden die Helden des Nachtlebens den sterbenden Alten. Irma, pompös und üppig wie eine Wagnersängerin, hob seinen seltsam verdrehten Kopf von den kalten Steinstufen und bettete ihn in ihren warmen, weichen Schoß. Als wollte sie einen vom Gutestun erschöpften Gott pflegen, so andächtig liebevoll reinigte und kühlte die schwarzblauhaarige Lotti das entstellte Gesicht ihres guten alten Opas, aber es gelang ihr nicht, ihm die nackte, wahnsinnige Furcht aus den Falten zu wischen, wenn auch ihr Taschentuch in Sekt getaucht war. Lotti, gazellenzart, kniete neben dem leblosen Fleischkoloß und suchte unter seinem breiten goldenen Armband seinen Puls. Und die dummen, stumpfen Nachtschattengewächse, die die beiden Barmädchen stumm und blaß umrandeten, wußten nicht, ob Lottis Blick Schreck oder Freude über den schwachen Herzschlag ausdrückte – und sie wußten nicht, ob Irmas kleine, mollige Hände aus Mitleid oder aus Mordlust an Ludowicos Kragen herumfingerten.

Tui Hoo, der triumphierend auf der obersten Stufe der Kellertreppe hockte, wartete auf den Tod, und er wußte, daß er nicht lange mehr zu warten brauchte. Leichtfüßig erhob er sich, schlängelte sich durch den Kreis der Nachtschwärmer, daß diese unmerklich anfingen zu frösteln und setzte sich mit angezogenen Knien auf den runden, etwas zu vollen Oberschenkel Irmas, so, daß er ohne Anstrengung und in der allergrößten Behaglichkeit dem alten Ludowico noch eine kleine, eine ganz kleine Geschichte ins Ohr flüstern konnte.

Nein, Ludwig Marusche, kein Wörtchen sollst du versäumen von der Geschichte vom 25. April, von der ›Schwarzen Karin‹ und von Tui Hoo. Ich, Tui Hoo, der uralte junge Windgott der Weltmeere, hocke hier auf der ausgelatschten Kellertreppe eines anrüchigen Nachtlokals, um dir diese Geschichte noch einmal ganz genau in die Ohren zu pusten, alte Sandale, damit du wohl vorbereitet bist für den langen, langen Weg zur Hölle.

Ludwig Marusche hob die gewölbten, faltigen Liddeckel. In seinen Pupillen gloste eine Angst, die so furchtbar war, daß kein Schrei sie erlösen konnte. Hast du ganz vergessen, alte Sandale? Das war doch damals, als ich euch am späten Abend vom 25. April im Kattegatt erwischte und ein paar Stündchen vor mir hertrieb – mit tui und mit hoo! Es war eine Hundekälte, und ich war zu den besten Streichen aufgelegt, als ich eure Nußschale zwischen den Mammutwellen sah. Die Leute waren müde wie die Fliegen und der Alte war Tag und Nacht nicht von der Brücke gekommen. Aber davon hast du natürlich nichts gemerkt, denn in deiner Kombüse war es warm und so windstill, daß man den Luftzug spüren konnte, den eine Kakerlake machte, die um den Kaffeekessel kurvte.

Da flog ein Maat durch die Tür vor deine Töpfe. Der Alte wollte eine Buddel heißen Tee haben. Aber du solltest sie ihm selbst bringen, damit dein fünfzehnjähriger Kombüsenstift nicht vom Wind von Deck gefegt würde. Und der Wind war ich, Marusche, weißt du das nicht mehr? Was warst du für ein Angsthase, Dicker! Zehn Schritte kamst du mit deinem Tee, da konntest du mein sanftes Liedchen nicht mehr ertragen in deinen hängenden Plüschohren. Eine ganz erbärmliche, hündische Angst saß dir in den Speckfalten deines Nackens und rutschte dann unvermutet in den Magen, als ich zwischen deinen Beinen einen Salto machte. Pfui Teufel, Suppenkönig, so leidenschaftlich hattest du in keiner Nacht ein Hafenmädchen umarmt, wie in der Nacht vom 25. April den Mast, der dir als hilfreicher Engel in die Quere kam. Einen Augenblick hingst du wie ein leerer Anzug am Baum, aber dann packte dich der Mut eines Generals, und mit vier gewaltigen Sätzen hattest du deine rettende Kombüse wieder erreicht. Und Heini Hagemann, dein kleiner Stift, hatte plötzlich die Teebuddel im Arm und wurde von dir zum Alten in die nebelige Nacht hinausgeschickt. Der Tee kam nie zum Alten. Heini kam nie zur Brücke. Die Teebuddel wurde morgens irgendwo gefunden. Heini Hagemann nicht. Er wurde morgens nicht gefunden. Und abends nicht. Und nicht am anderen Tag. Weil ein erwachsener Mann ein Feigling war! Du bist ein undankbares Schwein, wenn du vergessen konntest, daß du nur deswegen siebenundsechzig Jahre alt werden durftest, weil der kleine Heini Hagemann dir mit seinen fünfzehn Jahren den Weg abgenommen hat. Aber laß man gut sein, Marusche, in ein paar Sekunden schon wirst du deinem Küchenjungen begegnen. Glotze nicht so entsetzt, Alter. Heini Hagemann hat sich auch zusammengenommen, als er über Bord ging. Er war ganz still, der Kleine.

Die weit aufgerissenen Augen des Herrn Marusche überzogen sich mit einem milchigen Hauch. Vielleicht war es doch ein kleines, gemeines Lächeln, das um Lottis blutroten Mund huschte. Und dann entließen seine fischmäuligen Lippen den letzten Atem: tui – – hoo – – –

Übermütig riß Tui Hoo der blonden Irma eine Locke aus der kunstvollen Frisur und ließ sie auf der Stirn hin und her pendeln. Dann ramenterte er singend und pfeifend durch die Mauer der mitleidigen Gaffer – hoo tui hoo – stromabwärts den großen Wassern zu.

Preussens Gloria

Merkwürdig

I

Merkwürdig, dachte der Abiturient Hans Hellkopf im Krieg, unser Bataillonskommandeur erinnert mich immer an meinen Studienrat.

II

Merkwürdig, dachte der Abiturient Hans Hellkopf nach dem Krieg, unser Studienrat erinnert mich immer an meinen Bataillonskommandeur. Es muß an der Frisur liegen,

III

Merkwürdig, sagte der Studienrat Dr. Olaf zu seinem Kollegen, wenn ich unsere Primaner vom Schulhof einrücken sehe, muß ich immer an mein Bataillon denken. Das muß an den frischen, blanken Gesichtern liegen. An den Gesichtern? sagte der Kollege. An den Stiefeln, mein Lieber, an den Stiefeln.

Preußens Gloria

Der nackte Schädel schwamm wie ein blankgebohnerter Mond unter der blassen Nachtbeleuchtung. Er schwamm durch die tote Fabrikhalle. Und die Nachtbeleuchtung blinzelte wie blasses Gestirn von oben herunter. Unter dem Schädel marschierte ein dürrer, grader Mensch. Er warf die langen Beine hoch vor sich in die Luft. Sein Schritt knallte gegen die hohen, kalten Wände und fiel schallend von der Decke zurück auf den Boden. Es hallte, als ob ein Bataillon marschierte. Aber es war nur ein dürrer, grader Mensch mit langen Beinen und einem kahlen Schädel, der in der einsamen Halle marschierte. Marschierte mit einem kahlen Schädel, der wie ein Messingmond durch das Halbdunkel der nächtlichen Fabrikhalle schwamm, ruckartig, bleich und blankgebohnert.

Die langen Beine stießen abwechselnd geradeaus in die Luft. Der dürre Mensch marschierte einen vorbildlichen, makellosen Paradeschritt durch das riesige, kahle Rechteck der Halle. Vorwärts stießen die Beine. Sie wurden von dem dürren Menschen hoch in die Luft hineingestochen. Sie marschierten vorbildlichen, makellosen Parademarsch, die langen Beine, die zu dem nackten Schädel gehörten. Und aus dem Schädel, der wie Messing unter der blassen Nachtbeleuchtung glänzte, knarrte eine blecherne Stimme den Marsch von Preußens Ruhm und Ehre, Preußens Gloria: Dadadamdadamdadamdadam – – – –

Aber dann brach die Blechmusik jäh ab. Ein etwas femininer Tenor kommandierte aus dem Schädel, fuhr wie ein Gewehrschuß auf die Stille los, daß die Nacht erschrokken auseinanderriß von diesem Schrei: Bataillooon – halt! Der dürre Mensch stand unbeweglich wie ein Pfahl in der Halle. Dann kam es wieder aus dem Schädel, Tenor, Tenor, Gewehrschuß und Blech: Liiiinks – om. Weit warf der dürre Mensch das rechte Bein von sich weg und drehte seinen Körper auf dem linken Absatz blitzschnell herum. Seine staubgrauen Augen starrten leblos gegen die hohe Hallenwand. In der Wand war ein Fenster, und draußen war die Nacht und sah auf den dürren, graden Pfahl in der Halle. Da kam es wieder aus dem kahlen Schädel, Gewehrschuß in der einsamen Halle, femininer Blechschrei in der schweigenden Nacht: Präsentiiiert – daaas Giwirr! Die Arme des dürren Menschen, die bis dahin steif und leblos am Körper geklebt hatten, wurden hochgerissen und verharrten eingewinkelt vor der Brust. Kein Laut war in der nächtlichen Halle. Aber dann knarrte wieder der Tenor aus dem Schädel, blechern, blechern knarrte er den Marsch von Preußens Ruhm und Ehre, Preußens Gloria: Dadadamdadamdadam …

Verstört verkrochen sich die Reste der aufgescheuchten Nacht in den Winkeln der einsamen Halle. Und nur zwei alte rotäugige Ratten defilierten an dem dürren, graden Menschen leise pfeifend vorbei – Preußens Gloria. Rotäugige Ratten in der toten Halle. Blechmusik aus einem kahlen Schädel. Preußens Gloria: Dadadamdadamdadam – – – –

Aber draußen vorm Fenster wurden zwei Gesichter von einem schadenfrohen Grinsen in die Breite gezogen. Zwei dunkle Gestalten rammten sich die Ellbogen in die Rippen. Dann rutschten die grinsenden Gesichter vom Fenster weg und das Dunkel fraß sie auf. Ganz am Ende der Straße hörten sie noch halblaut den einsamen Tenor in der Halle hinter sich her: Dadadamdadamdadam …

Am nächsten Morgen stand der dürre, grade Mensch in einem Büro. Einen Schreibtisch gab es da, einen Aktenständer und ein unsauberes Handtuch. Und über dem Schreibtisch hing ein schläfriges Gesicht. Das war ganz zugedeckt von Schlaf, und nur der Mund war einigermaßen wach. Dabei war er so träge, daß die Unterlippe müde herunterhing. Das schläfrige Gesicht hatte eine Stimme wie Samt, so weich und so angenehm leise. Und die Stimme wehte gähnend auf den dürren Menschen zu, der vor dem Schreibtisch stand. Sehr grade stand er vor dem Schreibtisch und seine staubgrauen Augen sahen durch das schläfrige Gesicht hindurch auf das unsaubere Handtuch. Und er wurde noch etwas gerader, als die wehende, weiche Samtstimme bei ihm ankam.

Sie sind Nachtwächter?

Jawohl.

Wie lange?

Kriegsende.

Und vorher?

Soldat.

Was?

Oberst.

Danke.

Der dürre Mensch stand wie ein Pfahl vor dem Schreibtisch, regungslos, steif, abgestorben. Nur die grauen Augen sahen an dem Handtuch traurig auf und ab. Und vom Schreibtisch her wehte es wieder samtweich und verschlafen auf ihn zu:

Heute nacht hat man eingebrochen. In der Fabrik. Sie haben geschlafen.

Der Pfahl schwieg.

Na, sondern? wehte es.

Der Pfahl schwieg.

Das schläfrige Gesicht schaukelte mißbilligend von links nach rechts.

Wie Sie wollen. Morgen ist Verhandlung. Sie müssen als Zeuge erscheinen. Dunkle Sache, Herr. Waren Sie beteiligt?

Das müde Gesicht lächelte süß. Der Pfahl stand sehr grade und schwieg.

Die Samtstimme gähnte: Gut, wie Sie wollen. Morgen müssen Sie reden. Entweder haben Sie geschlafen. Oder Sie waren dabei. Hoffentlich glaubt man Ihnen. Danke, Sie können gehen.

Da drehte der dürre Mensch sich um und marschierte zur Tür. Von da aus knarrte er zu dem schläfrigen Gesicht zurück und er hielt den blanken Schädel etwas schief: Ist die Verhandlung öffentlich?

Da wurde die Samtstimme ganz zärtlich und flüsterte: Ja. Öffentlich, Herr. Öffentlich.

Öffentlich, wiederholte der dürre Mensch und der Schädel nickte dazu, also – öffentlich.

Öffentlich, gähnte der Schläfrige noch einmal.

Dann machte der dürre Mensch die Tür auf und wieder zu und stand draußen. Und drinnen schlenkerte das unsaubere Handtuch leise in dem Luftzug, den die Tür gemacht hatte, hin und her.

Öffentlich, sagte der Mensch und hielt ein glänzendes Metall in der Hand. Zwei-, dreimal ließ er es knacken. Er sah zwei grinsende Gesichter. Er sah einen Gerichtssaal, der bis an den Rand voll Menschen war. Und die beiden Gesichter grinsten. Und dann grinste der ganze Gerichtssaal.

Preußens Gloria, sagte er leise, Preußens Gloria. Und die ganze Stadt ist dabei.

Das Metall in seiner Hand knackte. Dann hob die Hand das Metall hoch und an den blanken Schädel.

Etwas später lag ein dürrer, grader Mensch wie ein abgebrochener Pfahl stumm auf dem Boden. Daneben lag das Stück Metall. Und der nackte Schädel lag wie ein erloschener Mond in dem halbdunklen Zimmer. Wie ein erloschener Mond. Und über ihm marschierte ein endloses Bataillon zu den Klängen des Preußens Gloria. Defilierte ruhmreich vorbei. Defilierte: Dadadamdadamdadam …

Oder war es der Regen? Der Regen auf den dunkelroten Ziegeln? Denn es regnete. Regnete ununterbrochen.

Ein Sonntagmorgen

Die Morgenandacht im Radio war orgeldröhnend zu Ende gegangen. Amen. Der liebe Gott war immer noch ein tüchtiger Mann. Halleluja. Wachtmeister Sobodas kurzfingrige, viereckige Hand drehte das Radio lauter. Man machte Marschmusik. Er liebte Marschmusik. Dann nahm er die schweißigledern stinkende Dienstmütze vom Tisch, blubberte noch mal ein Amen, und stülpte sie wieder auf seinen wie gebohnerten Kopf. Der harte Rand der Mütze grub sich in die furchige Falte, die ihr jahrzehntelanges vorschriftsmäßiges Tragen auf dem Kugelkopf hinterlassen hatte. In diese Furche mußte der Mützenrand einrasten, dann war alles in Ordnung: Die Mütze saß akkurat zwei Fingerbreit über den Ohren. So hatten es vor Generationen die Gelehrten in den Dienstverordnungen unwiderruflich festgelegt. Die immer gerötete Furche, die die Billardkugel umkreiste, war das Sinnbild soldatischen Gehorsams. Mit der geröteten Furche zwei Fingerbreit über den Ohren wurde eine uralte Tradition in Ehren und hochgehalten, auch wenn die Natur immer noch nicht dazu übergegangen war, Einheitsköpfe für Dienstmützen zu basteln. Amen also – die Mütze saß.

Dann machte er sein Taschenmesser auf. Es war ein schönes Messer, wenn es auch nur die eine Klinge hatte. Aber die Klinge war gut. Ein schönes Messer. Das heißt, im Grunde genommen war es grob, gewöhnlich und gewalttätig. Aber er fand, es wäre ein schönes Messer. Es war auch schön. Man konnte einfach und durchweg alles damit bewerkstelligen. Alles: Obstbäume veredeln, Shagpfeifen auskratzen, Brot schneiden, Uhren auseinandernehmen, Fingernägel saubermachen, Bleistifte anspitzen, Kunsthonig tranchieren. Es war ein großartiges Messer. Und es hatte den unergründlichen Zaubergeruch eines orientalischen Märchens: Holz, Tabak, Brot, Uhrenöl und Honig.

Heute morgen war Sonntag, und drei Düfte, die drei typischen Sonntagsvormittagsdüfte, umhauchten die etwas müde, aber immer noch gewissenhafte Klinge: Tabakgeruch vom Säubern der Pfeife vor der Andacht – Erdgeruch, Kleingartenerdgeruch vom allsonntäglichen Reinigen der Fingernägel während der Andacht – und drittens Kunsthoniggeruch vom Tranchieren eines steinharten Honigblockes nach der Andacht. Und dieses Honigtranchieren war die wichtigste Zeremonie des Sonntagmorgens, und dazu war das Messer aufgemacht worden.

Nachdem ein kleiner klebriger Kubus Kunsthonig hinter den nikotingefärbten Zahnstummeln verstaut war, schob er, denn anders stand er niemals auf, mit gewaltigem Schurren den Bock nach hinten und kam mit Hilfe seiner Viereckhände, die er auf den fettscheckigen, tintenklecksigen Tisch stützte, auf die Beine. Dann langte er nach einem schwarzgelackten Lederriemen, an dessen Innenseite groß und leserlich, grob mit Tintenstift, zwei Worte aufgemalt waren: Wachtmeister Soboda. Der Würfel künstlichen Honigs wechselte von der linken Backe zur rechten über, dann hob Wachtmeister Soboda vorschriftsmäßig das linke Bein und begann seinen Dienst: Zweiter Kontrollgang zu den Zellen Nummer 1 bis 20. Sonntagmorgen. Acht Uhr vierzig.

Als der eisenbenagelte und doch gemütvolle Schritt (der einem alten O-beinigen Lastenträger gehören konnte) am Ende des sonntagsstillen, friedlich verstaubten Korridors hörbar wurde, legten alle Häftlinge, die zur Abteilung des Wachtmeisters Soboda gehörten, ihr Gesicht in erwartungsvolle Sonntagsfalten und ihre Ohren an die Türen ihrer Zellen. Genießerisch erwarteten sie das allsonntägliche Gespräch mit Nummer Neun. Nur drei Insassen der dicken, dummen Mauern taten das nicht: Nummer Eins, Nummer Siebzehn und Nummer Neun.

Nummer Eins hatte keine Zeit. Er war Lebenslänglicher und hatte es in dreiundzwanzig Jahren zum Kalfaktor gebracht. Das heißt: Er leerte die Abortkübel und füllte die Eßnäpfe, und sonntags morgens hatte er keine Zeit. Dann bekam er regelmäßig einen Riesenpacken alter Zeitungen in die Zelle. Flüchtig las er die Reden der großen Staatsmänner, dann zerriß er sie (die Reden) in handtellergroße Blätter. Dahin ging sein Auftrag. Diese Blätter wurden bei der Ausgabe der Mittagskost mit durch die Klappe gereicht. Jede Zelle bekam vierunddreißig Blatt. Bis zum nächsten Sonntag. Als Toilettenpapier. (Flüchtig wurden die verzettelten Reden der großen Staatsmänner gelesen und dann verbraucht, die Reden.) Man war Mitglied eines kultivierten Staates.

Auch Nummer Siebzehn legte sein Ohr nicht an die Tür seiner Zelle, um an dem sonntäglichen Gespräch teilzunehmen. Denn er weinte. Er war sechzehn Jahre alt und weinte. Es war Sonntag und er war im Gefängnis, und er hatte ein Fahrrad gestohlen. Er weinte tränenlos, trostlos, lautlos. Der ganze ganz erbärmliche Kummer der Menschheitsgeschichte fuhr auf schrill klingelnden Fahrrädern über die bekritzelten Wände der Zelle: Fahrräder – Fahrräder – stundenlang klingelten die Fahrräder. Er weinte, denn zu Hause hatten sie Sonntag, aßen Topfkuchen und dachten an ihn. Sie dachten an ihn, Gott ja, aber sie hatten auch Topfkuchen. Deswegen weinte Nummer Siebzehn am Sonntag morgen acht Uhr vierzig und hielt sein Ohr nicht an die Tür seiner Zelle.

Und Nummer Neun? Nummer Neun konnte sein Ohr nicht an die Tür seiner Zelle legen, weil er seinen Mund dort hatte. Er hatte seinen Mund dort jeden Sonntag morgen. Dann mußte er in einer dringenden Angelegenheit den Abteilungsführer Herrn Wachtmeister Soboda sprechen. Und Wachtmeister Soboda hörte nicht gut. Deswegen mußte Nummer Neun seinen Mund an die Tür seiner Zelle legen.

Und dann – der Eisennagelschritt donnerte gemütvoll heran – erlebten alle Häftlinge der Abteilung des Wachtmeisters Soboda kopfschüttelnd oder kichernd ihr sonntägliches Erlebnis. Nur Nummer Eins nicht, der politische Reden zu Toilettenpapier zerriß. Und Nummer Siebzehn nicht, der weinte.

Was ist los, Nummer Neun?

Ich bitte, den Herrn Wachtmeister sprechen zu dürfen.

Ja, los.

Ich bitte fragen zu dürfen, ob ich in den Besitz meiner Zahnbürste gelangen kann.

Wo ist die, Nummer Neun?

Bei meinem Gepäck.

Nein.

Doch, Herr Wachtmeister –

Ja, kann sein, daß sie da ist. Aber Sie kriegen sie nicht.

Ließe es sich nicht vielleicht doch einrichten, daß ich ausnahmsweise meine Zahnbürste ausgehändigt bekommen würde?

Nein.

Und – warum nicht, bitte, Herr Wachtmeister?

Weil die Gefangenen nicht bei ihrem Gepäck bei dürfen.

Warum dürfen sie nicht dabei, Herr Wachtmeister?

Es ist verboten.

Und könnten Sie nicht vielleicht, Herr Wacht – –

Nein.

Und warum geht das nicht, Herr – –

Weil die Beamten nicht bei dem Gepäck bei dürfen.

Aber warum nicht, wenn ich – –

Es ist verboten.

Warum ist das denn auch verboten?

Es war immer schon verboten.

Könnte man denn keine Ausnahme machen, Herr Wacht – –

Nein.

Warum denn nicht, Herr – –

Weil es verboten ist, sag ich Ihnen doch!

Könnte man denn nicht ein einziges Mal – es handelt sich doch nur um eine Zahnbürste!

Nein.

Warum nicht, Herr Wacht –

Weil es noch nie so war.

Ja, aber warum geht es denn nicht?

Weil die Gefangenen nicht bei ihrem Gepäck bei dürfen.

Wäre es denn nicht vielleicht möglich, daß Sie, Herr Wacht –

Nein.

Und warum – wohl – nicht?

Weil die Beamten nicht bei dem Gepäck bei dürfen.

Herr Wachtmeister, ich bitte fragen zu dürfen –

Los, ja!

Wie soll ich mich am besten verhalten?

Wie?

Ja, wenn ich meine Zahnbürste haben möchte.

Ach so, wenn Sie das. Ja, schreiben Sie ein Gesuch.

Könnte ich denn wohl heute noch Papier bekommen? Und Tinte, Herr Wacht –

Nein.

Warum nicht, Herr W –

Weil Sie nur alle acht Wochen schreiben dürfen. Sie haben erst vor vier Wochen geschrieben.

Aber doch an meinen Anwalt.

Das tut nichts!

Gibt es denn gar keine –

Nein.

Ich kann doch nicht monatelang ohne Zahnbürste hier rumhocken!

Freuen Sie sich, daß Sie Ihren Kopf oben behalten. Die vier Jahre werden Sie auch noch überleben.

Aber das ist ja entsetzlich. Ich kann doch nicht achtundvierzig Monate ohne Zahnbürste!

Was können Sie nicht? Ich will Ihnen mal was sagen. Ich bin siebenundfünfzig Jahre alt geworden und hab mein Lebtag so ein Ding nicht angerührt. Mein ganzes

Dorf zu Hause kennt solche Spielerei nicht. Und sind alle alt geworden. Auch ohne Zahnbürste, verstanden! Was ich kann, können Sie auch, verstanden? Sie kriegen sie nicht, verstanden! Verstanden?

Jawohl, Herr Wacht –

Na also.

Jawohl.

Gemütlich, gewissenhaft, sonntäglich gesonnen und friedfertig beendete Wachtmeister Soboda seinen zweiten Kontrollgang zu den Zellen eins bis zwanzig. Sonntagmorgen. Neun Uhr zehn.

Alle Häftlinge der Abteilung des Wachtmeisters Soboda nahmen ihre Ohren von den Türen ihrer Zellen und kicherten oder kopfschüttelten. Und traten vor Lachen oder Wut gegen die Wände.

Nur Nummer Eins nicht. Nummer Siebzehn nicht. Und Nummer Neun nicht.

Nummer Neun sackte vom Kampf gegen die Staatsgewalt erschöpft auf seinen Hocker und ließ seinen ohnmächtigen Haß an den Holzpantoffeln aus. Das tat er jeden Sonntag. Den Rest seines Innenlebens füllte der Rosahauch seiner Zahnbürste aus. Sie war rosafarben und hatte Zweifünfundvierzig gekostet. Und er würde sie nie wiedersehen.

Nummer Eins kicherte auch nicht. Er schüttelte auch nicht den Kopf. Er riß Toilettenpapier. Vierunddreißig Blatt für jede Zelle. Nachher beim Mittagessen. Er war Lebenslänglicher und hatte es in dreiundzwanzig Jahren zum Kalfaktor gebracht.

Er leerte die Abortkübel und füllte die Eßnäpfe. Sonntags morgens riß er aus den Reden der großen Staatsmänner Toilettenpapier. Verbrochen hatte er nichts. Wenn man ihn fragte, sagte er: Ich war zufällig dabei, wie einer totging. Nein, unschuldig war er. Und deswegen riß er zufrieden und geduldig Toilettenpapier. Jeden Sonntag. Vierunddreißig Blatt, zum Mittagessen. Lebenslänglich.

Und Nummer Siebzehn weinte immer noch. Er war sechzehn Jahre alt und es war Sonntag und zu Hause dachten sie an ihn und aßen Kuchen. Sie dachten an ihn – aber sie hatten Kuchen. Und sie hatten keine Ahnung von den mörderisch klingelnden Fahrrädern, die stundenlang durch das Gehirn fuhren.

Die aßen Kuchen und er saß hier und weinte.

Es war Sonntagmorgen.

Ching Ling, die Fliege

Sie finden, das ist ein viel zu schöner Name für eine simple Stubenfliege? Oh, dann muß ich Ihnen erzählen, wie die Fliege Ching Ling zu ihrem sonderbaren Namen gekommen ist, und Sie werden ihn dann auch zumindest ganz originell finden. Hören Sie bitte.

Haben Sie schon mal im Gefängnis gesessen? Verzeihung, natürlich nicht! Aber ich kann Ihnen versichern, daß es gar nicht so schwer ist, hineinzukommen. Das Umgekehrte, nämlich das Herauskommen, pflegt sich im allgemeinen viel schwieriger zu gestalten. Wie ich bei der Verhandlung erfuhr, sollte ich in einem dem Alkoholrausch nicht unähnlichen Zustande irgendwo irgendwann über irgendwen eine faule Bemerkung gemacht haben. Das soll man nie tun. Hamlet mußte auch dran glauben, weil er fand, daß im Staate Dänemark etwas faul sei.

Hamlet durfte das auch nicht tun, wo er doch – na, das ist jetzt egal. Wichtig ist im Moment, daß Sie erfahren, warum ich die Fliege Ching Ling nannte.

Ich hockte unter den niederschmetternden Anklagen des Gerichts völlig zusammengebrochen, umwogt von undurchdringlichen Nebeln seelischer Düsterkeit, mit leerem Magen und angezogenen Knien in meiner Zelle und stierte mit geradezu fakirhafter Gelassenheit gegen eine der schmucklosen Wände, als plötzlich unmittelbar vor meinen verfinsterten Augen eine kleine, ganz gewöhnliche Stubenfliege an der Wand saß. Vielmehr sie stand, denn eine Fliege kann sich ja gar nicht setzen. So plötzlich war sie da wie ein Tintenklecks im Mathematikheft.

Blitzschnell erinnerte ich mich der grauen Vorzeit, in die die Tage meiner Kinderstube einmal gefallen sein müssen, und ich fragte sie höflich, womit ich ihr dienen könne. Sie nahm gar keine Notiz von mir und strafte mich mit einer Verachtung, wie es eben nur eine Fliege kann. Wußte sie von meinem Fall? Aber nein – sie hatte sich diese ruhige Stelle nur erwählt, um sich ein paar Minuten ungestört der kosmetischen Pflege hingeben zu können, und dabei lassen sich Damen im allgemeinen nicht gerne stören. Ich war aber trotzdem nicht Kavalier genug, um artig wegzusehen, sondern ich sah ihr ganz ungeniert zu. Und mein kleines Fliegenfräulein schien sich ihrer Reize durchaus bewußt zu sein; denn sie ließ mich wortlos gewähren und schüttelte nur einmal kurz und verächtlich mit den Schultern. Sie fuhr nun mit einigen ihrer Beine zärtlich unter die gläsernen Flügel und strich sie sorgsam glatt – so wie ungefähr eine Tänzerin ihr durchsichtiges Ballettröckchen zurechtstreicht – aber natürlich nicht mit den Beinen. Nachdem sie sich durch einen schnellen Ruck ihres merkwürdigen Kopfes davon überzeugt hatte, daß die Flügel nach dem letzten Chic und gut auf Taille saßen, wandte sie sich eifrig ihren Füßen zu, mani- und pediкürte mit einer Intensität drauflos, als ob sie heute noch einen Fliegenbaron oder einen steinreichen Brummer betören müßte. Nur ob sie ihre Fuß- und Fingernägel blau oder rot lackierte, konnte ich wegen der mangelnden Beleuchtung nicht feststellen. Wieder machte sie diese ruckartige Bewegung mit ihrem Kopf, und nachdem sie das dritte Bein von links noch einmal flüchtig nachpoliert hatte, wandte sie sich dem Make-up ihres Gesichtes zu. Verflixt, ich muß gestehen, daß mir der helle Angstschweiß ausbrach bei ihren Verrenkungen, denn ich fürchtete jeden Augenblick, daß sie sich den Kopf aus dem Gelenk drehen würde – und was ist eine Fliege ohne Kopf? Nachdem sie sich das kurze Haupthaar energisch mit dem rechten Vorderfuß zurückgestrichen hatte, nahm sie den Kopf zwischen die beiden Vorderbeine und fing an, ihren ohnehin schon stecknadelschlanken Hals zu massieren, daß mir vor Spannung der Atem wegblieb. Aber endlich hatte sie auch das geschafft, und sie ging zur Augenpflege über. Nachdem sie sich die Wimpern gründlich ausgebürstet hatte, zog sie die Brauen noch einmal sorgfältig nach, wobei sie es doch nicht unterlassen konnte, mir einen kleinen koketten Seitenblick zuzuwerfen. Und dann, ein Zittern ging durch ihren Körper – anscheinend puderte sie sich noch einmal über –, dann war sie fertig und spazierte selbstgefällig einige Schritte vor meiner Nase auf und ab.

Ich weiß nicht, wie es kam – aber das muß mich irgendwie gereizt haben. Ist es nun ein uralter, typisch männlicher Wesenszug, ist es der Jagdtrieb oder ist es nur ein Rückfall in die Flegeljahre? Jedenfalls nahm meine Hand bei dem herausfordernden Gebaren der Fliege unbewußt die bekannte, charakteristische Haltung zum Fliegenfangen an und schob sich mit Vorsicht näher an das scheinbar ahnungslose Opfer heran. Und da fing auch mein Verstand an, einige erklärende Gedanken von sich zu geben. Vielleicht wollte er das sonderbare Gehabe meiner Hand rechtfertigen. Jedenfalls dachte ich: So wie man mich gefangen hat, so werde ich dich jetzt fangen, du winzige Fliege – ich will auch mal Schicksal spielen. Ich will dein Schicksal sein, und gleich werde ich über Tod und Leben entscheiden. Aber so dachte ich nur; denn als meine also schicksalsträchtige Hand nun plötzlich gottähnlich zugreifen wollte, tappte sie genarrt ins Leere – und der kleine schwarze Tintenklecks saß, als ob nichts geschehen wäre, nur wenige Zentimeter höher an der Wand, gerade so hoch, daß ich ihn nicht mehr erreichen konnte.

Resigniert wollte ich wieder in meinen Stumpfsinn zurückfallen, da durchfuhr es mich wie ein Blitz mit grauenhafter Beklemmung: Hatte die Fliege nicht eben gegrinst und mir mit ihrem blödsinnigen Kopf nachsichtig zugenickt? Gerade wollte ich ihr meinen Stiefel mitten in das höhnische Gesicht schleudern, da sprach sie mich an – mit einer etwas dünnen und sehr sachlichen Stimme, der aber doch eine gewisse Lebensweisheit nicht fehlte –, sie erinnerte mich an meinen alten Religionslehrer. – Siehst du, sagte sie, du wolltest mein Schicksal sein und jetzt bin ich dir entwischt, du Dummkopf? Man muß nämlich über seinem Schicksal stehen, wenn es auch nur wenige Zentimeter sind, gerade so viel, daß es einen nicht mehr erreicht und in die Tiefe reißen kann. Begreifst du das? – Du hast mich ausgelacht, Fliege! brauste ich auf. – Das ist es ja eben, antwortete sie kühl, man muß über sein Schicksal lächeln können. Siehst du, du Einfaltspinsel, und dann entdeckt man, daß das Leben vielmehr Komödie als Tragödie ist. – Sie setzte sich in Positur, nickte mir noch einmal flüchtig zu, und damit war sie auf und davon – so plötzlich, wie sie gekommen war.

Ich habe lange darüber nachgedacht, und ich habe gefunden, daß die Fliege recht hat: Man muß über seinem

Schicksal stehen! Ich habe noch oft an meine kleine Fliege gedacht, die wie ein Sonnenstäubchen in meine Dunkelheit geflogen kam, und ich habe ihr nachträglich noch einen Namen gegeben. Ich habe sie Ching Ling genannt. Das ist chinesisch und heißt: Die glückliche Stimmung.

Maria, alles Maria

Als er dann seine Stiefel auszog, hätten wir ihn am liebsten erschlagen.

Als er in unsere Zelle kam, roch es plötzlich nach Tier und Tabak und Schweiß und Angst und Leder. Er war Pole. Aber er war so geistlos blond wie ein Germane. Und diese blonden Männer waren immer etwas fade. Er auch. Und auch noch ein wenig fadenscheinig. Er konnte nur wenige Worte deutsch. Aber er hatte ein schönes buntes Abziehbild in der Tasche. Das betete er immer sehr lange an. Er stellte es dann auf seinen Schemel gegen den Trinkbecher. Er betete laut und auf polnisch. Das Abziehbild hatte einen goldenen Rand und war sehr bunt. Ein Mädchen war da drauf mit einem roten Tuch und einem blauen Kleid. Das Kleid war offen. Eine Brust war zu sehen. Weiß. Sie war reichlich mager. Aber zum Beten mochte sie genügen. Vielleicht war sie auch nur als Requisit gedacht, die weiße Brust. Außerdem hatte das Mädchen noch einige Sonnenstrahlen um den Kopf. Aber sonst sah sie ziemlich stur aus. Wir fanden das jedenfalls. Aber der Pole sagte Maria zu ihr. Und dabei machte er eine Handbewegung, als wollte er sagen: Na, is se nich 'n prächtiger Kerl! Aber er meinte wohl etwas Zärtlicheres, wenn er uns angrinste und Maria sagte. Vielleicht sollte es ein sanftes, frommes Lächeln werden, aber wir haßten ihn so sehr, für uns war das eben Grinsen. Er sagte: Maria.

Aber als er am ersten Abend seine Stiefel auszog, hätten wir ihn am liebsten erschlagen. Er brauchte eine Stunde dazu, er hatte Handschellen um. Es ist schwer, mit Handschellen die Stiefel auszuziehen. Es ist schon übel, wenn man sich mit Handschellen im Gesicht kratzen muß. Und dann hatten wir nachts die Wanzen. Und der Pole hatte auch nachts seine ›Manschetten‹ um. Er war zum Tode verurteilt. Als die Stiefel neben ihm lagen, machte sich ein toller Geruch in unserer Zelle bemerkbar. Er machte sich an uns heran wie ein aufdringlicher Zigeuner, frech, unwiderstehlich, scharf, heiß und sehr fremd. Man kann nicht sagen, daß er unbedingt übel war. Aber wir waren ihm ausgeliefert. Er war anmaßend und tierisch. Ich sah Liebig an. Der Pole saß zwischen Pauline, Liebig und mir auf der Erde. Liebig sah mich an. Polen, sagte er dann und starrte wieder aus dem Fenster. Liebig stand die ganzen Wochen auf Zehenspitzen und starrte aus dem Fenster. Drei- oder viermal am Tag sagte er was. Als der Neue die Stiefel auszog, sagte Liebig: Polen. Und dabei sah er mich an, als müsse er weinen. Allmählich gewöhnten wir uns an ihn. Er roch nach Polen. (Wer weiß, wonach wir rochen!) Aber er brauchte eine Stunde, um sich die Stiefel auszuziehen. Das war eine Leistung für unsere Geduld. Aber er hatte ja die Handschellen. Man konnte ihn nicht erschlagen. Er mußte die Stunde haben zum Stiefelausziehen. Abends immer, wenn die Sonne das Fenstergitter über die Decke spazieren ließ. Das Gitter war stabil. Aber an der Decke sah es aus wie Spinngewebe. Es war Spinngewebe. Und abends roch es bei uns nach Polen. Liebig sagte schon lange nichts mehr. Er sah mich nur manchmal noch an, wenn der Pole zwischen uns auf der Erde saß. Das genügte dann auch. Und allmählich gewöhnten wir uns an ihn.

Er machte dafür unsern Kübel sauber. Einer mußte das. Pauline hatte zu gepflegte Finger dazu. Liebig tat es einfach nicht. Meistens hatte ich den Kübel saubergemacht. Ich hatte mir dann dazu Mut angeredet. Und unter Vorwänden wie ›Es ist doch alles Scheiße‹ oder ›Arbeit adelt‹ hatte ich mich dann überwunden. Jetzt machte der Pole das. Was er für Vorwände gebrauchte, wußte ich nicht. Sie müssen sehr positiv gewesen sein, denn er machte den Kübel sehr gründlich, das fanden wir alle. Er machte das wohl auch ganz gern, denn er summte dabei leise. Lustige Sachen auf polnisch. So gewöhnten wir uns langsam an ihn, an sein Abziehbild, sein Beten, seinen Geruch. Wir gewöhnten uns an Polen.

Wir gewöhnten uns sogar an seine roten Fußlappen. Er hatte zwei wunderbare blutrote Fußlappen aus selbstgewebtem Leinen. Johannisbeergrützenrot. Die wickelte er abends sorgfältig ab, faltete sie zusammen, erst den linken, dann den rechten, legte sie dann beide übereinander und so auf seinen Strohsack ans Kopfende. Dann ging er mit seinem Abziehbild in die Ecke, stellte es auf seinem Schemel gegen den Trinkbecher und betete laut und polnisch. Dann grinste er jedem von uns zu und legte sich hin. Dabei schob er sich seine beiden johannisbeerroten Fußlappen als Kopfkissen unter den Kopf. Das sah natürlich sehr hübsch aus, das blonde Haar auf dem Johannisbeerlappen. Wir hätten ihn am liebsten erschlagen, als wir das am ersten Abend zum erstenmal erlebten. Liebig machte schon den Mund auf, um wieder Polen zu sagen. Aber dann ließ er es. Nur seine Nasenflügel bewegten sich etwas. Das genügte dann auch. Aber mit der Zeit gewöhnten wir uns auch an die Fußlappen. Und an das Kopfkissen.

Als sie mit den Essenkannen kamen, war er gerade beim

Beten. Plötzlich drehte er uns aus seiner dunklen Ecke sein kleines fades Gesicht zu und rief mitten aus seinem Mariasingsang heraus: Marmelade! Wir wußten nicht, was er meinte. Es hätte ja auch polnisch sein können. Aber da sprang er wütend auf. Polnisch sprang er auf, drückte Liebig die Porzellanschüssel in die Hand und schrie: Marmelade! Marmelade! Bitte, um Gott!

Dann drehte er sich um, sackte in die Knie und betete schon wieder. Aber da stieß Liebig ihn von hinten an. Mit dem Fuß. Und dann hielt Liebig seine längste Rede in der Zelle 432. Er versuchte, um den Polen zu reizen, ihm dabei seine Sprache nachzuäffen.

Was? schrie Liebig, du elender Krüppel, du! Du erzmasurische Wildsau! Du Heuchler, du! Marmelade, schreist du, Marmelade? Wir denken, du betest und bist im achten Himmel mit deiner dünnbusigen Madonna! Und dabei spitzt du die Ohren, was es wohl zu fressen gibt, wie? Dabei hörst du nur Marmelade, du verfressenes Stück Polen, du!

Der Pole stand auf. Er sagte sehr sanft und geduldig: Was willst du? Ein Ohr drinnen, ein Ohr draußen. Marmelade draußen. Maria drinnen. Dabei drückte er das Bild gegen seinen Drillichanzug. Da, wo das Herz war.

Liebig sagte nichts. Er gab mir die Marmeladenschüssel. Aber er sah mich nicht an. Eine Viertelstunde später schlossen sie die Zellen auf. Es gab Kaffee. Es gab Brot. Und heute gab es keinen Käse. Es gab Marmelade.

Aber er war auch nachts mit Maria zugange. Nachts ließen uns die Wanzen nicht schlafen. Und die Frauen nicht, die smaragdäugigen, katzengliedrigen. Die Wanzen stanken süß wie Marzipan, wenn man sie zerdrückte. Sie rochen nach frischem Blut. Wie Frauen rochen, das war schon lange her. Die Frauen machten uns still nachts. Aber die Wanzen ließen uns fluchen, bis es hell wurde. Nur der Pole fluchte nicht. Aber in einer hellen Nacht sah ich, daß er sein Bild in der Hand hielt. Und wenn wir mit unsern Flüchen den Dreck der ganzen Welt umrührten, dann sagte er höchstens mal leise vor sich hin: Maria, Maria. Gegen Hellwerden rasselten manchmal Enten vorbei, mit verrostetem Flügelschlag, zum nächsten Kanal. Dann stöhnte Liebig jedesmal, jedesmal stöhnte er: Mensch, wenn man so 'ne Ente wär. Und dann war wieder alles voll Wanzen und Flüchen und Frauen. Nur der Pole sagte dann heimlich: Maria, Maria.

Eine Nacht wachten wir auf, weil die Tür von unserem Geschirrschrank knarrte. Es war der Pole. Er stand da und kaute. Wir wußten genau, daß er abends alles aufgegessen hatte. Er aß abends immer alles auf. Jetzt stand er da und kaute. Liebig sprang vom Strohsack hoch und griff ihn bei den Haaren. Aber bevor er etwas tun konnte, sagte der Pole: Was willst du machen? Hungä! Da ließ Liebig ihn los, legte sich wieder hin und sagte kein Wort mehr. Aber nach einer halben Stunde hörte ich dann doch, wie er vor sich hin fluchte. Polen, sagte er. Mehr nicht.

Aber tagsüber hatten wir es schwer mit ihm. Immer wenn am Ende unseres Korridors ein benagelter Schritt hörbar wurde, fing der Pole leise und schnell seinen Singsang an. Er war zum Tode verurteilt. Immer wenn draußen ein Wachtposten vorbeiging, wurde er abgeholt. Immer wenn der Wachtposten vorüber war, durfte er noch leben bleiben. Bis zum nächsten Wachtposten. Er wurde tausendmal am Tag abgeholt. Und tausendmal am Tag durfte er leben bleiben. Denn sie gingen den ganzen Tag vorbei. Und immer wenn einer vorbei war, brach der Pole seinen Singsang ab, atmete, und dann sah er uns an und sagte: Maria, alles Maria. Er sagte das wie: Na, seht ihr, sie hilft immer, das gute Mädchen. Und er mußte das oft sagen am Tag, das Maria, denn sie gingen den ganzen Tag vorbei. Und immer wenn sie vorbei waren, sagte er seelenruhig: Alles Maria. Und es hörte sich an wie: Na also. Und es machte uns verrückt. Und er grinste dabei. Aber über seinen Augenbrauen war eine Postenkette aufmarschiert: kleine helle Wassertropfen.

Einmal holten sie ihn dann doch. Er war sehr erschrokken. Und er kriegte das Grinsen nicht mehr hin. Er stand nur und war maßlos erstaunt. Wir hätten ihn am liebsten erschlagen.

Mitten in der Nacht zog Liebig plötzlich laut die Luft ein. Dann sah er auf den leeren Strohsack. Ich finde, es riecht immer noch nach Polen, sagte er. Und dann sagte er: Und jetzt ist er weg. Pauline und ich, wir sagten nichts. Wir wußten, Liebig tat es leid, daß er den Polen gehaßt hatte.

Nach vier Monaten wurde ich entlassen. Ich mußte noch in den Keller runter zur Bekleidungskammer und meine Wäsche abgeben. Der Keller wurde gerade geschrubbt. Zwanzig Gefangene lagen auf den Knien und rieben mit Stahlspänen den Fußboden ab, damit der Gang hell und freundlich wurde. Plötzlich zupfte mich einer an der Hose. Ich sah runter. Es war der Pole. Er grinste mich von unten her an:

Begnadigt, flüsterte er, begnadigt! Fünfzehn Jahr, nur fünfzehn Jahr! Und dann strahlte er und strich über seine Tasche: Maria, flüsterte er, alles Maria. Und dabei machte er ein Gesicht, als hätte er die Justiz ganz gewaltig übers Ohr gehauen. Er hatte es. Die Justiz der ganzen Welt.

Marguerite

Sie war nicht hübsch. Aber sie war siebzehn und ich liebte sie. Ich liebte sie wirklich. Ihre Hände waren immer so kalt, weil sie keine Handschuhe hatte. Ihre Mutter kannte sie nicht, und sie sagte: Mein Vater ist ein Schwein. Außerdem war sie in Lyon geboren.

Einen Abend sagte sie: Wenn die Welt untergeht – mais je ne crois pas –, dann nehmen wir uns ein Zimmer und trinken viel Schnaps und hören Musik. Dann drehen wir das Gas auf und küssen uns, bis wir tot sind. Ich will mit meinem Liebling sterben, ah oui!

Manchmal sagte sie auch mon petit chou zu mir. Mein kleiner Kohl.

Einmal saßen wir in einem Café. Die Klarinette hüpfte wie zehn Hühner bis in unsere Ecke. Eine Frau sang sinnliche Synkopen, und unsere Knie entdeckten einander und waren unruhig. Wir sahen uns an. Sie lachte, und darüber wurde ich so traurig, daß sie es sofort merkte. Mir war eingefallen – ihr Lachen war so siebzehnjährig –, daß sie einmal eine alte Frau sein würde. Aber ich sagte, ich hätte Angst, daß alles vorbei sein könnte. Da lachte sie ganz anders, leise: Komm.

Die Musik war so mollig gewesen, daß uns draußen fror, und wir mußten uns küssen. Auch wegen den Synkopen und dem Traurigsein.

Jemand störte uns. Es war ein Leutnant und der hatte kein Gesicht. Nase, Mund, Augen – alles war da, aber es ergab kaum ein Gesicht. Aber er hatte eine schöne Uniform an und er meinte, wir könnten uns doch nicht am hellichten Tage (und das betonte er) auf der Straße küssen.

Ich richtete mich auf und tat, als ob er recht hätte. Aber er ging noch nicht.

Marguerite war wütend: Wir können nicht? Oh, wir können! Nicht wahr, wir können.

Sie sah mich an.

Ich wußte nichts, und die Uniform ging immer noch nicht. Ich hatte Angst, daß er etwas merken würde, denn Marguerite war sehr wütend:

Aber Sie! So ein Mensch! Ihnen würde ich nicht mitten in der Nacht Küsse geben! Oh!

Da ging er. Ich war glücklich. Ich hatte eine Heidenangst gehabt, daß er merken würde, daß Marguerite Französin war. Aber Offiziere merken wohl auch nicht immer alles.

Dann war Marguerite wieder vor meinem Mund.

Einmal waren wir uns sehr böse.

Im Kino marschierte die Pariser Feuerwehr. Sie hatte Jubiläum. Sie marschierte ausgesprochen komisch. Deswegen lachte ich. Das hätte ich überlegen sollen. Marguerite stand auf und setzte sich auf einen andern Platz. Mir war klar, daß ich sie beleidigt hatte. Eine halbe Stunde ließ ich sie allein. Dann konnte ich nicht mehr. Das Kino war leer und ich schlich mich unbemerkt hinter sie:

Ich liebe dich. Dein Haar liebe ich und deine Stimme, wenn du mon petit chou sagst. Ich liebe deine Sprache und all das Fremde an dir. Und deine Hände. Marguerite!

Und ich dachte, daß wir wohl nur deswegen dem Reiz des Fremdartigen verfallen sind, weil es so süß ist, zuletzt immer wieder das schon Gekannte zu entdecken.

Nach dem Kino bat Marguerite um meine Pfeife. Sie rauchte sie und ihr war übel dabei. Aber sie wollte mir beweisen, daß sie mich noch viel mehr lieb habe.

Wir standen am Fluß. Der war schwarz vor Nacht und schmatzte geheimnisvoll an den Pfeilern der Brücke. Manchmal glomm es gelb und vereinzelt, hob und senkte sich wie auf einer atmenden Brust: Sterne spiegelten sich, gelb und vereinzelt.

Wir standen am Fluß. Aber der segelte mit der Nacht und riß uns nicht mit in ein unbekanntes Land. Vielleicht wußte er auch nicht, wohin die Fahrt ging und ob das Ziel aller Fahrt das Paradies sei. Doch wir hätten uns bedingungslos dem Segel der Nacht anvertraut – aber der Fluß verriet uns nichts von seinem Zauber. Er schwatzte und gluckste und wir ahnten ein weniges von seiner geheimnisvollen Schönheit. Unseretwegen hätte er über seine Ufer treten können – und über unsere, über die Ufer unseres Lebens. Wir hätten uns fortspülen, überschwemmen lassen diese Nacht.

Wir atmeten tief und erregt. Und Marguerite flüsterte:

Das riecht wie Liebe.

Ich flüsterte zurück:

Aber das riecht doch nach Gras, nach Wasser, Flußwasser und Nebel und Nacht.

Siehst du, flüsterte wieder Marguerite, und das riecht wie Liebe. Riechst du nicht?

Es riecht nach dir, flüsterte ich noch leiser, und du riechst wie Liebe.

Siehst du – flüsterte es da noch mal.

Dann flüsterte der Fluß: Wie Liebe – siehst du – wie Liebe – siehst du – – –

Vielleicht meinte er aber ganz etwas anderes. Aber Marguerite dachte, er hätte uns belauscht.

Plötzlich wuchsen Schritte auf uns zu und eine Lampe zwang uns, die Augen zu schließen: Streife!

Man suchte minderjährige Mädchen, denn die blühten nachts wie Blumen in den Parks in den Armen der Soldaten. Aber Marguerite schien dem Streifenführer erwachsen genug. Wir wollte schon gehen, da fiel ihm etwas an Marguerite auf. Ich glaube, es war ihre Schminktechnik. So malten sich unsere Mädchen nicht an. Feldwebel sind manchmal gar nicht so dumm, wie sie aussehen. Er verlangte ihren Paß. Sie zitterte kein bißchen. Hab ich mir doch gedacht! sagte er, Französin, so ein Tuschkasten.

Marguerite blieb still, und ich mußte auch still bleiben. Dann schrieb er meinen Namen auf und wir standen wieder allein.

Ich wußte, ich würde mindestens vier Wochen nicht aus der Kaserne rauskommen. Von den andern Strafen gar nicht zu reden. Ich wartete noch, aber mir fiel nichts Besseres ein. Und ich sagte es Marguerite.

Du kommst vier Wochen nicht? Oh, dann ist alles aus, ich weiß. Du bist nur feige. Bin ich feige? Habe ich gezittert? Ach, du läßt dich vier Wochen einsperren! Pfui, du hast keine Courage. Du liebst mich nicht. Oh, ich weiß!

Es half nichts, Marguerite glaubte, ich wäre nur zu feige, abends über den Zaun zu klettern. Von den hundert kleinen Maßnahmen, die das verhinderten, ahnte sie nichts. Ich dachte an die vier Wochen und wußte auch nichts mehr zu sagen. Dann, nach einer Weile, versuchte sie es noch einmal:

Du kommst nicht? Vier Wochen? Nein?

Ich kann nicht, Marguerite.

Mehr wußte ich nicht. Und das war Marguerite nicht genug:

Gut! Sehr gut! Weißt du, was ich jetzt tue?

Ich wußte es natürlich nicht.

Jetzt geh ich in mein Zimmer und wasch mir mein Gesicht. Das ganze Gesicht. Ja. Und dann mach ich mich schön und suche mir einen neuen Liebling! So! Ah oui!

Dann war sie von der Dunkelheit aufgefressen. Weg, aus – für immer.

Als ich allein den Weg zu den Kasernen machen mußte, hätte ich am liebsten geweint. Ich versuchte es. Ich hielt meine Hände vors Gesicht. Sie hatten einen heimlichen Geruch: Frankreich. Und ich dachte, daß ich meine Hände heute abend nicht mehr waschen würde.

Das Weinen kam nicht zustande. Es lag an den Stiefeln. Sie knarrten bodenlos gemein bei jedem Schritt:

Mon petit chou – mein kleiner Kohl – mein kleiner Kohl – – –

Du Riesenkohlkopf, feixte ich den Mond an. Er war unverschämt hell. Sonst hätte die Streife das gar nicht merken können. Das mit dem Tuschkasten.

Hinter den Fenstern ist Weihnachten

Im Bunker hält man das nicht aus. Und als dein Gesicht von dem Auto hellgemacht wurde, sah ich, daß du blaue Schatten um die Augen hast. Vielleicht ist das eine, bei der man's leichter hat, dachte ich. Deswegen laufe ich hinter dir her.

Wir beide sind ganz allein in der Stadt. Hinter den Fenstern, da ist Weihnachten. Manchmal sieht man hinter den Gardinen die Kerzen vom Tannenbaum. Im Bunker könnte man das jetzt nicht aushalten, wenn sie singen. Du hast blaue Schatten unter den Augen. Vielleicht bist du eine von denen, die abends unterwegs sind. Die Schatten hast du von der Liebe. Aber jetzt sind sie ganz anders, jetzt singen sie Weihnachtslieder und schämen sich, weil sie weinen müssen. Ich bin weggegangen.

Ob du ein Zimmer hast? Und einen Tannenbaum? Mein Gott, wenn du ein Zimmer hättest? Merkst du, daß ich hinter dir hergehe? Wir sind ganz allein in der Stadt. Und die Laternen stehen Posten. Die Posten haben Zigaretten, weil heute Weihnachten ist, und die glimmen im Finstern: Hörst du, hinter den Fenstern machen sie Weihnachten. Sie sitzen auf weichen Stühlen und essen Bratkartoffeln. Vielleicht haben sie sogar Grünkohl. Aber dann sind sie reich. Aber sie haben ja auch Gardinen, dann haben sie auch Grünkohl. Wer Gardinen hat, ist reich. Nur wir beiden sind draußen. Du hast blaue Schatten an den Augen, das hab ich gesehen, als das Auto vorbeifuhr. Ich möchte, daß du die Schatten von der Liebe hast. Ich weiß sonst nicht, wohin. Im Bunker singen sie. Das hält man nicht aus.

Immer wenn eine Laterne kommt, seh ich deine Beine. Da kann man schon allerhand dran sehen, wie die Beine sind. Die andern reden auch immer von den Beinen bei ihren Weibern. Sie sagen immer Weiber. Wenn sie abends nach Hause kommen, reden alle von ihren Weibern. Weiber, sagen sie immer. Immer bloß so Weiber. Die ganze Bude ist dann voll davon, wenn sie von den Beinen reden, von ihrer Brust und der rosa Unterwäsche.

Merkst du nicht, daß ich immer hinter dir hergehe? Immer wenn eine Laterne kommt, hältst du den Kopf weg. Ich bin dir wohl zu klein, wie? Ja, mit einmal ist man wieder zu klein. Für den Krieg war man auch nicht zu klein. Nur für so was, was schön ist. Du brauchst gar nicht so zu rennen, ich lauf dir doch nach. Wenn ich denke, was du noch alles hast außer den Beinen, dann kann man sich schon allerhand ausdenken. Die andern haben das jeden Abend. Unter den Laternen sind deine Knie ganz weiß. Immer wenn ich dich bei einer Laterne überhole, hältst du dein Gesicht weg.

Im Vorbeigehen kann ich dich riechen. Aber du merkst gar nicht, daß ich was von dir will. So schnell wirst du mich nicht los. Ich weiß sowieso nicht, wohin. Bei solchem Nebelwetter ist es im Bunker immer naßkalt. Kann doch sein, daß du ein Zimmer hast. Bloß nicht bei deinen Eltern. Bei Freunden. Dann kannst du mich doch mitnehmen. Dann sitzen wir nebeneinander auf deinem Bett. Und der Nebel und die Kälte stehen vor der Tür. Und dann sind deine hellen Knie ganz dicht neben mir. Und du hast einen Tannenbaum. Und dann teilen wir uns ein Stück Brot. Du hast doch bestimmt Brot. Die andern erzählen immer, daß sie von ihren Weibern was zu essen kriegen. Ihr eßt ja nicht soviel wie wir. Wir haben meistens Hunger. Ich auch, du. Aber du hast vielleicht was. Wenn du bei deinen Eltern wohnst, das ist natürlich Mist. Dann müssen wir unten im Treppenhaus bleiben. Das geht auch. Die andern bleiben auch oft mit ihren Weibern im Treppenhaus. Aber Weihnachten? Mein Gott! Im Treppenhaus.

Du riechst gut. Ich gehe ganz dicht hinter dir und kann dich riechen. Mein Gott, du riechst so nach allerhand. Da kann man sich allerhand bei vorstellen. Wenn das bei uns im Bunker man mal so riechen würde. Aber da riecht es immer nach Tabak und Leder und nassen Klamotten. Du riechst ganz anders, so was hab ich noch nie gerochen. Bei der nächsten Laterne rede ich dich an. Die Straße ist gerade ganz leer. Aber wenn ich dich anrede, ist vielleicht alles vorbei. Du antwortest vielleicht gar nicht. Oder du lachst mich aus, weil ich dir zu jung bin. Älter als zwanzig bist du aber auch noch nicht.

Da kommt die Laterne. Deine Knie sind ganz hell im Dunkeln. Die Laterne kommt. Jetzt muß ich gleich was sagen. Oder noch nicht? Vielleicht ist dann alles aus. Die andern können das alle. Die haben alle ihre Weiber. Da ist die Laterne. Wenn ich jetzt rede, ist vielleicht alles aus. Die Laterne. Nein, ich warte noch ein paar Laternen. Noch nicht. Der Nebel ist gut. Du siehst wenigstens nicht, daß ich noch nicht so alt bin. Aber ich kenn welche, die haben schon eine, und sind auch nicht älter. Ja, jetzt ist man mit einmal wieder zu klein. Fürs Soldatsein war man nicht zu klein. Und jetzt läuft man rum. Im Nebel nachts. Und jeden Abend reden die andern von ihren Weibern. Davon kann man nachher nicht einschlafen. Die Luft im Bunker ist dann ganz voll davon. Von ihren Weibern. Und von dem nassen Nebel nachts. Draußen. Aber du, du riechst gut. Deine Knie sind ganz hell im Dunkeln. Sie müssen ganz warm sein, deine Knie. Wenn die nächste Laterne kommt, rede ich dich an. Vielleicht wird es was. Mensch, du riechst so. Das hab ich noch nie gerochen. Kuck mal, hinter den Gardinen haben sie Weihnachten. Vielleicht auch Grünkohl. Nur wir beide sind draußen. Wir sind ganz allein in der Stadt. –

Die Professoren wissen auch nix

Ich bin ein Omelett. Vielleicht nicht so appetitlich und knusperig, aber ich liege mindestens ebenso gelb und flach in der schwarzen Stimmung meines Krankseins wie das Omelett in der Schwärze seiner Bratpfanne. Meine Leber ist ein praller Fußball und mein Kopf ein glühender Teekessel. Das übrige zwischen Fußball und Teekessel ist gereizt und geschwollen wie ein Blinddarm.

Man müßte Malaria mit zwei l schreiben und auf dem ersten a betonen: M*a*llaria. Das könnte dann von mall oder mallerig kommen und ebenso fühle ich mich: mall, omelettig, mallerig.

Neben mir auf dem Tisch wird gehämmert – seit einigen Stunden. Vor dem Tisch auf einem Stuhl sitzen neunzig Pfund und hämmern auf den fünfundvierzig Pfund herum, die auf dem Tisch stehen.

Die fünfundvierzig Pfund auf dem Tisch – das ist meine dicke, schwere Schreibmaschine. Die neunzig Pfund vor dem Tisch – das ist mein leichter, dünner Vater. Mein Vater hackt seit Stunden auf der Maschine einen irrsinnigen Rhythmus und jedes Tick ist das Tick zu einer Höllenmaschine, und die Höllenmaschine ist mein Kopf.

Aber draußen gibt es Vögel, Autos und graue Wolken, die heute abend noch unbedingt zur Wäscherei wollen, denn sie sind schmutzig wie die Handtücher in den Bedürfnisanstalten. Doch die Vögel wissen, daß hinter den Handtüchern der Himmel blau bleibt – na, und die Autos haben gut hupen! Wer hupt, ist gesund. Vögel, Handtücher und Hupen ärgern mich, denn ich kann nicht mitmachen, weil ich krank bin: tick – tick – teck – teck – – –

Aber ich gebe mir Mühe, geduldig zu sein wie ein Kirchenheiliger, dem man die Fingernägel absengelt und der mit seiner Engelsgeduld Gott einen Gefallen tun will. (Was müssen Engel für Leute gewesen sein! Und Gott erst – – –!)

Meine lieben sorgenden neunzig Pfund jagen das durch die dicke Maschine, was mein Teekesselkopf ausgekocht hat – deswegen meine Kirchenheiligengeduld. Nämlich nachts, wenn meine Fußballeber Bakterien durch die Adern räuspert, dann kocht mein schlafarmer Kopfteekessel Geschichten aus – und die schreibt mein Vater morgens ab.

Mein Vater wiegt neunzig Pfund und die Maschine fünfundvierzig Pfund, aber er behauptet, es wäre für ihn eine Erholung. Tatsächlich hat er nur Angst, ich würde mich sonst aus meiner Pfannenschwärze hochquälen und selbst anfangen zu hacken. Er weiß, daß ich keine Ruhe hätte, deswegen spielt er stundenlang meine Träumereien auf der Maschine – neunzig Pfund gegen fünfundvierzig! Mallerig ist das, total mallerig!

Aber er ist mein Vater und fürchtet, meine Leber könnte sonst zu einem Zeppelin und mein Kopf zu einer Turbine werden und beide könnten – bei mangelnder Ventilation – womöglich platzen. Deswegen spielt er Ventilator, mein Vater, um Turbine und Zeppelin zu verhindern, denn wer kann das wissen? Vielleicht ein Bebrillter?

Was nützt eine Brille, wenn nix dahinter ist, nix als ein süffisantes Lächeln und die Augen eines Tränentieres, das nicht still aus Weisheit, sondern aus Dummheit ist. Das muß man nämlich immer auseinanderhalten: Stummheit aus Weisheit oder Stummheit aus Dummheit. Ich will lieber auf die bebrillten Kapazitäten verzichten – nein, die Professoren wissen auch nix.

Mein Vater weiß es – daß ich keine Ruhe hätte und das mit der Leber, weil er mein Vater ist – und deswegen kämpft er mit den fünfundvierzig Pfund Metall.

Dann streiten wir uns. Die neunzig Pfund mit dem trockenen Husten und der omelettfarbene Teekesselkopf, mein Vater und ich.

In meiner Geschichte lasse ich den Knochen einer Katze bleichsüchtig aus dem Schlamm eines Kanals heraufschillern. Der Knochen einer Katze? Oh, damit gibt mein Vater sich nicht zufrieden! Er stellt die kühnsten Fragen:

Woher weißt du, daß es der Knochen einer Katze ist, der da in deinem Kanal liegt und sich den Stumpfsinn der Ewigkeit damit vertreibt, bleichsüchtig zu schillern?

Ich bin überrascht, aber sehr sicher: Ich weiß es eben. Nur Katzen ersäuft man im Kanal. Außerdem weiß ich es.

Aber die neunzig Pfund lassen sich nicht so leicht einschüchtern: Im Kanal ersäuft man – beziehungsweise ersäufen sich unter anderem: Hunde, Spatzen, schlecht gewordene Fische, alte Geweihe, erwürgte Bankiers, gelustmordete Freudenmädchen und verliebte Sekundaner. Katzen natürlich auch – aber kein Anatomieprofessor, der zudem sowieso meistens kurzsichtig ist, würde von der Brücke aus erkennen, ob es sich um den Knochen einer

Katze oder eines Freudenmädchens handelt – die Professoren wissen nämlich auch nix, mein Lieber.

Oha! Mein Vater wird zum Dichter, und der Sohn meines Vaters sucht nach billigen Ausflüchten: Ich weiß, es war ein Katzenknochen, ich weiß es ganz genau. Wenn ich schreibe, es war der Knochen einer Katze, dann ist es der Knochen einer Katze bis ans Ende der Welt und damit fertig. Wer meine Geschichte wegen des Katzenknochens ablehnt, soll es tun! Ich bin auf solche pedantischen Leser nicht angewiesen. Es war ein Katzenknochen, siehst du das nicht ein? Was sonst?

Da kommt es ganz milde von der andern Seite des Tisches: Und wenn du nun schreibst: es war das Skelett einer Katze – ein Skelett?

Und ich, überzeugt, aber zu kläglich, es zuzugeben: Na ja, meinetwegen dann ein Skelett.

In der Tür steht ein großes dunkles Mädchen – nein, ein lichtes Mädchen. Es hat dunkle Augen und dunkle Haare, aber es geht lichter als sieben Sonnen über meiner schwarzen Stimmung auf.

Mein Vater schnuppert und geht – er weiß, daß ich sonst eine Leber wie ein Zeppelin bekommen würde – zu meiner Mutter in die Küche. Er hat geschnuppert und geht und weiß, daß es in der Küche kalt und ungemütlich sein wird. Aber er geht – er weiß, daß ich seinen milden Mondenglanz entbehren kann, wenn das dunkle Mädchen da ist – wie eine Sonne licht bei mir ist.

In der Küche wird er mindestens vierzig Minuten lang mit meiner Mutter über die Unlogik des Katzenknochens diskutieren – oh, das weiß ich sicherer, als ich jemals die Schlachten Napoleons gewußt habe – ich weiß es, sehe es und höre es. Und ich weiß, daß meiner Mutter ein

Schweineknochen lieber wäre, dann würde sie sich um ihren neunzigpfündigen Mann keine Sorgen zu machen brauchen.

Meine Mutter hat einen vagabundig rot- und blaubekleckerten Schal um, der von einer bäuerlichen Spange gebändigt wird. Ich sehe, daß sie sich jetzt in der Küche eine Zigarette teilen und den Katzenknochen – an ein Skelett befestigt – wieder in den Kanal werfen. So ist das jetzt in unserer Küche. Jedenfalls sah ich das eben noch ganz genau, übergenau.

Aber dann sehe ich nichts mehr – wie kann ich auch! Das dunkle Mädchen hat seinen Mantel nun doch über einen Stuhl geworfen und sich zu mir gesetzt. Ihre neunzehn Jahre lassen meinen Puls wie ein Äffchen eine Palme hochklettern, von wo aus es mit rothaarigen Kokosnüssen nach mir wirft.

Ist das dein Herz?

Nein, Kokosnüsse – doch, mein Herz, weil du da bist, liebe Sonne.

Ich vergesse Küche, Katzenknochen und Kokosnüsse, und meine Sonne muß es sich gefallen lassen, daß ich sie – ohne blind zu werden – sprachlos und intensiv bekucke.

Sie will nach meinem Puls fassen – wollte sie das? –, aber der Affe ist futsch und ich halte ihre Hand fest. Draußen werden jetzt die Handtücher ausgewrungen, Vögel und Autos geben teils verzagt verschnupfte, teils empört protzige Laute von sich. Meinetwegen kann es drei Wochen lang regnen, denn keine Handbreit neben mir sitzt die Sonne – ich fühle ihren Rücken an meinen Schienbeinen –, ich bin beinahe kerngesund. Was gehen mich jetzt noch Autos und Vögel an!

Zwischendurch merken wir plötzlich, an einigen halblaut gesagten Worten, daß wir uns mögen. Das liegt nicht an den Worten, daß wir das merken.

Haben dir gestern abend die Ohren geklungen?

Gestern abend? Dir müssen sie eigentlich immer klingen.

Nein, daran lag es nicht. Es lag am Ton, daß wir das merkten. (Manchmal hat man diesen Ton mit ganz jungen Tieren – so –, so wie wir gesprochen haben.)

Der Affe wirft – hei, was hat das Kerlchen für Kraft! – verstärkt mit Kokosnüssen. Doch nicht nur auf mich. Denn das lichte dunkle Mädchen sieht mich mit einemmal unruhig an. An ihrem Hals bebt das winzige Stück einer blauen Ader.

So weise oder so dumm sind wir beide – oder so überrascht –, daß keiner etwas sagt. Was sollten wir auch sagen. Laufe in alle Bibliotheken der Welt, suche alle Liebesromane der Welt zusammen, du wirst keinen halbwegs vernünftigen Satz finden, den man jetzt in diesem Augenblick sagen könnte.

Cognac und Fieber machen Mut. Cognac habe ich nicht, dafür aber Fieber. Und ich werde waghalsig.

Ich schiebe die Hand meiner Sonne unter mein Hemd auf mein Herz:

Hörst du, ja? Da sitzt ein Affe und schmeißt mit Kokosnüssen. Kokosnüsse, Millionen dicke, dicke Kokosnüsse. Immer mehr und immer schneller! Fühlst du?

Da sagt sie ganz leise:

Oh, du – hier: bei mir auch.

Dann sagt keiner mehr etwas. Was sollen wir auch noch sagen? Keinem Tenor der Welt würde nach unseren Kokosnüssen noch etwas Besseres einfallen. Niemand wüßte etwas Schöneres. Die Professoren erst recht nicht. Die Professoren wissen gar nix!

Aber mein Vater weiß, daß das Trommelfeuer von Kokosnüssen meine Leber ruinieren würde, wenn er nicht eingreift. Deswegen kommt er – mit längst vergessenem Katzenknochen – aus der Küche und setzt sich hinter die Maschine. Er ist mein Vater und er weiß, daß zwei Stunden Sonnenschein für einen Kranken reichlich genug sind, und meine gute liebe Sonne sieht das auch plötzlich ein, leider!

Der Affe rutscht selig-müde von seiner Palme herunter, und das dunkle Mädchen sagt:

– bald, bestimmt und tschüs –

als ich es frage, wann sie wieder in meiner Tür stehen wird.

Dann hackt mein Vater mich mit dem blechernen Rhythmus der Schreibmaschine in einen paradiesischen Traum. Es ist ein Traum von Palmen, Kokosnüssen, Äffchen und dunklen, dunklen Augen.

Nachwort

Wolfgang Borchert ist immer schon mehr und immer anderes gewesen als nur ein Fall der Literatur oder gar eine Anregung der Literaturwissenschaft. Wer ihn auf der Schule zum Wahldichter nahm, wer ihn auf der Universität einer Dissertation für würdig befand, der meinte selten den Schreibekünstler allein; auch der seine literarischen Arbeiten rühmte, hätte sie wohl kaum als solche bezeichnet, und wo einer sich auf die Sache berief, nahm er gleichzeitig und gleichermaßen den Menschen, die Person für sich in Anspruch.

Seit der Hamburger Uraufführung des Dramas *Draußen vor der Tür,* einen Tag nach dem Tode Borcherts in einem Basler Hospital, hat das Publikum begonnen, die Tragödie auf der Bühne und die Tragödie eines Lebens in eins zu sehen. Borcherts späterer Ruhm war nie allein auf seine Fertigkeit gestellt. Die strengere Kritik fand auch wohl manches auszusetzen, wies Mängel nach, Ungeschicklichkeiten, Sentimentalitäten, Brüche – dennoch, und ob das Werk als Ganzes Fragment schien, ein Flugversuch, ein Ansatz, eine Hoffnung ohne letzte Reife, so war doch alles mit dem kurzen Leben so unverbrüchlich legiert, so schlüssig abgestimmt, daß gerade diese vollkommene Unabgeschlossenheit ausstrahlte als der Mythos des Unvollendeten.

Der Ruhm des Wolfgang Borchert hat etwas Singuläres

und von Grund auf Sonderbares. Weil kein neues Talent neben und keines nach ihm wieder mit solcher Anteilnahme bedacht wurde und mancher ältere Meister und Könner in der öffentlichen Anerkennung zurückzutreten hatte vor ihm, der bei sicher schmalerer Leistung und vielleicht geringerem Vermögen so in die Breite, in die Dauer und in die Tiefe wirkte. Er hatte die Hoffnungslosigkeit besungen – und war doch für geraume Zeit die einzige ernst zu nehmende Hoffnung der jungen Literatur; er mochte ein gefallener Engel sein, doch er verzauberte die Geschlagenen und Gestürzten; ein Ikarus, nun wählte man ihn zum Führer; ein ›Nächtlicher‹, doch brachte nicht Luzifer das Licht? Ein einzelner – wer fühlte sich, als das Kollektiv zu Bruch gegangen war, nicht als ein einzelner und Freigesetzter? Ein Frühverstorbener – und gerade an ihn klammerte sich die Sehnsucht nach Unsterblichkeit.

Natürlich war es nicht nur das grausame Geschick, der als ungerecht und widersinnig empfundene Tod, der ihn zum Auserkorenen machte. Es gab auch andere junge Dichter, Frühgefällte, mit dem Hautgout des Todes und der Vergeblichkeit, und da war doch das schwarze Los, das einer gezogen hatte, noch lange nicht der Anteilschein auf späteren Ruf, nicht einmal auf Erinnerung. Ich nenne in diesem Zusammenhange die jung Verstorbenen Werner Riegel, Alexander Xaver Gwerder, Rainer M. Gerhardt – die standen alle als unübersehbare einzelne in ihrer Zeit, ein jeder mutig auf seine Art, verrückt auf seine Art, unbeugsam, manisch bis zum selbstgewählten oder lange vorausgeahnten Ende, und doch war keiner von ihnen der Günstling einer ganz besonderen Stunde. Sie waren wohl Bekenner eines glaubens- und illusionslosen Individualismus und fanden doch den Weg nicht von ihrer Isolierung zu anderen Einsamen. Während Wolfgang Borchert erhöht wurde zum Sinnbild des leidenden einzelnen, blieben sie: Randerscheinungen der Literatur.

Wem Borcherts Ruhm ein Anlaß der Verwunderung ist, der darf vor allem nicht übersehen, daß dieser Jüngling der erste seiner Generation war, der seine leibeigenen Einzelerfahrungen an einem allgemeinen Thema demonstrierte. Zwar war sein Schicksal keineswegs so ohne weiteres auf die Erlebnisse des Kollektivs zu übertragen, und doch hat Borchert niemals versucht, sich als die Ausnahme darzustellen. Hat niemals vom ›gezeichneten Ich‹ gesprochen, nicht von den Widrigkeiten, mit denen sich ein Einzelgänger unter Botmäßigen und Mitläufern herumzuschlagen hatte, sondern von einer tragisch-schmerzlichen Gruppenerfahrung, dem Schicksal der ›verratenen Generation‹. Und gerade daß er diese, daß er ganz pauschal die Jugend von allen Vorwürfen ausnahm und von aller Schuld entlastete, gab ja der potentiellen Popularität die fruchtbarste Vorgabe – zu einer Zeit, als Schuld, Unschuld, Kollektivschuld die Kernthemen des täglichen Disputs waren.

Hinzu kam, daß er ein Mann von drinnen war und sich als solchen empfand. Daß er zwar am Schicksal der geschlagenen Nation teilhatte und doch von jeder Verfehlung freizusprechen war. Daß er schließlich weder den Racheengel noch den besserwissenden Lehrmeister herauskehrte und der Klage den Vorrang vor der Anklage gab. Er zählte nicht zu den unbequemeren Emigranten, die in der kollektiven Umwertung viel weniger glatt unterzubringen waren, zumal deren spezielle Schicksale und Umgetriebenheiten in ihrem Vaterland keinen rechten

Resonanzboden fanden, keinen Identifikationsansatz. Viel eher als sie war gerade Borchert eine Figur, auf die man den besseren Teil des schlechten Gewissens übertragen und in deren jeremianischen Zügen sich das Selbstmitleid einer ausgestoßenen Generation spiegeln konnte. Man sehe und verstehe: hier hatte ein junger Dichter sein heimliches Konterfei, den Heimkehrer Beckmann aus dem Drama *Draußen vor der Tür,* mit so viel allgemeinverbindlichen Zügen ausgestattet, daß er als ›einer aus der großen grauen Zahl‹ von vielen als das eigene Ich erlebt werden konnte. War er als Held des Stückes ein ausgemachter Antiheld, so war doch dieser Typus genau auf die Selbsteinschätzung einer heldenmüden und mythenskeptischen Generation zugeschnitten. War er ein einzelner und Ausgesetzter, so entsprach auch das für kurze Spanne Zeit dem Bild des deutschen Jedermann. War er ein Opfer, so doch gezeichnet und erwählt in einem. Und wenn er Unrecht erlitt, so bestätigte das doch seine Rechtsansprüche.

Zwar hatte dieser Beckmann Lösungen nicht zur Hand, aber gerade daß der Tiefverstörte auf jede Lösung eine Frage wußte, entsprach aufs Haar der Disposition der deutschen Jugend. Einer Generation, die geprägt war vornehmlich durch ihre Skrupel und Verluste und deren Verhältnis zur Welt sich am ehesten in dem Verhältniswort ›ohne‹ ausdrücken ließ. Borchert hat diese Generation nicht nur beschrieben, er hat sie auch benannt: ›Generation ohne Abschied‹. Er hat die Bilanz ihrer Mängel gezogen, die Summe ihrer Versagungen addiert. ›Generation ohne Ziel‹, so hieß es in einem seiner Prosastücke, und dann: ›ohne Bindung‹, ›ohne Tiefe‹, ›ohne Glück‹, ›ohne Heimat‹, ›ohne Grenze‹, ›ohne Gott‹, ›ohne Vergangenheit, ›ohne Ja‹, ›ohne Anerkennung‹, ›ohne Jugend‹. Aber wenn er auch solch allumfassendes Nein aussprach und den situationären Nihilismus der ersten drei Nachkriegsjahre formulierte, so trug er doch seine Negation mit einem so machtvollen Trotz, mit einer so heiligen Hoffart vor, daß es einem Bekenntnis zu sich selbst und einem Ja zur eigenen Existenz glich. In ihm, in seinen Dichtungen konnte das Provisorium sich als Wert erleben, hier schlugen selbst noch die Enttäuschungen positiv zu Buch, hier wurde das Geschlagene über das Unbeschadete erhöht, hier triumphierte die Jugend in achtunggebietender Unfertigkeit über das unversehrte Mittelmaß.

Borchert hat das Ende des Provisoriums nicht mehr erlebt. Er hat ihm angehört mit Haut und Haaren, wie es schien, mit allen Fragen und allen Widersprüchen, mit seinen Themen und Thesen, seinem Nein und seinem Doch. So war er also abgetan, als ein neues Säkulum sich etablierte? Als die Verratenen und Enttäuschten sich wieder einzurichten begannen in restaurierten Städten, restaurierten Gesellschaftsordnungen, restaurierten Wertbegriffen? Als man in Aufbaulaune zu vergessen trachtete, was an Entbehrungen hinter einem lag, und als das Streben nach Sicherheit sein eigenes Schwerefeld entwickelte?

Das gar nicht einmal so Eigenartige geschah. Die neuen ökonomischen und sozialen Errungenschaften wurden von einer breiten geistigen Schicht noch keinesfalls mit Beifall und affektiver Anteilnahme honoriert. Der Wohlstand ohne Wandlung, der ›Aufstieg aus dem Nichts‹ zu nichts als Gütermehrung ließ auf der anderen Seite das verpaßte Damaskus besonders deutlich hervortreten. Es war aufgeräumt worden, nunwohl, auch mit den Träumen. Gebaut, auch Möglichkeiten verbaut. Und wer auf eine Veränderung des Menschen gesetzt hatte, der sah sich bald um alle Hoffnungen gebracht und schäbig mit Sachwerten abgespeist.

Die Perspektiven schienen in der Tat verzogen und verschoben, denn wenn man rückwärts blickte, sah man Ansätze, Keime und Hoffnungen, und wo man jenen Kurs verfolgte, den der Hase lief: Restauration und Rückfall. Es geht aufwärts, hieß es zwar, doch wenn man fragte ›aufwärts wohin?‹ und ›worauf zu?‹, so gewahrte man vorneweg den glanzkaschierten Militarismus, den umgefärbten Nationalismus, den aufgewerteten Klerikalismus, die unsterbliche Autoritätsgläubigkeit, die militante Gegenaufklärung. Dies alles, verschwägert und gepaart mit einem Zug der Zeit zum flachen Betrieb und zu glatten Routineformen, zu Käuflichkeit und Opportunismus, rief wach den Widerwillen vornehmlich eines großen Teiles der geistigen Jugend. Allmählich blickte man auf die sogenannte schlimme Zeit zurück als wär's die gute alte gewesen, und in der Retrospektive wurden die grauen Jahre zu den goldenen. Was alles hatten sie besessen an gutem Willen, an Geist und Begeisterung, an Mut und Impetus, an Aufgeschlossenheit und Überlebenslust, an Leidenschaft und Fähigkeit zur Freude. Woran jetzt Mangel herrschte bei allem Überfluß der gähnenden Fünfziger. Die bei steigendem Wohlstand doch unbefriedigt ließen und eine sentimentalische Sehnsucht nährten nach dem alten redlichen Hunger. Auch nach der Hunger- und Trümmerzeit in ihrer imposanten Anarchie, ihrem Abenteuergeist, ihrem Erneuerungselan, ihrem Wahrhaftigkeitsfuror.

Mag man nun auch den Hang zu solcher Art Vergangenheit als Veredelungsromantik bezeichnen, als Flucht und Ausweichlösung, so bleibt doch unbestreitbar, daß es gleichzeitig ein Rückzug zu Vorsätzen und Leitbildern des besseren, des anständigeren Deutschland war. Eines Deutschland der Fragensteller, der Widerspruchsköpfe und Neinsager, deren begabtester und wortmächtigster Vertreter, Wolfgang Borchert, keineswegs nur mit der Vergangenheit abgerechnet hatte. Dessen exemplarisches Nein, dessen weitvorausgeschickte Befürchtungen sehr wohl noch für spätere Jahre und gewandelte Zeiten verbindlich sein sollten: ›Alle Leute haben eine Nähmaschine, ein Radio, einen Eisschrank und ein Telefon. Was machen wir nun? fragte der Fabrikbesitzer.

Bomben, sagte der Erfinder.

Krieg, sagte der General.

Wenn es denn gar nicht anders geht, sagte der Fabrikbesitzer.‹

Alles in allem schien doch mehr in ihm gesteckt zu haben als ein Bedichter der zeitbedingten Misere, und seine Botschaft hatte Ausstrahlungskraft weit über die Trümmer-Ära und ihre Hungerödeme hinaus. Und, recht verstanden, nicht nur weil er spätere Zeiten in seine Warnungen und Appelle einbezogen hatte, und nicht nur weil sich diese Zeiten in seinen Ahnungen vorausgespiegelt sahen, bewahrten sie ihm den ausgewählten Platz in der Erinnerung – sondern weil diese seine Fragen noch Wirkkraft besaßen und die neuen Wertsysteme und Aufstiegskategorien direkt und frontal in Frage stellten. Weil er dem Afterideal von der honorigen Position die Unruhe des friedlosen Herzens entgegengehalten hatte. Weil sich bei ihm das ›Draußen vor der Tür‹ nicht nur als Klage kundgetan hatte, sondern als Anspruch und Postulat. Weil sich die Wohlaufgehobenheit bei ihm als Unwert darstellte und dem Umgetriebenen das letzte und bessere Wort belassen wurde. Weil es ihm, Borchert, gelungen war, die Stigmen seiner Zeit zum Zeichen zu setzen. Und weil er in der instabilen Zeit immer auch den jungen Menschen begriffen hatte, ihn, der auf das Durchgangsstadium und die Übergangswerte pochen durfte als auf das Absolute. Das Aufdemwegsein als Ziel, Absage und Widerrede als Ethos, der Vogelfreie ein Beispiel, der Unruhestifter ein Held – das alles war doch frohe Botschaft auch noch nach dem Ohr der nächsten Generation. Und als in anderen Ländern ›zornige junge Männer‹ oder ›Beatniks‹ auftraten und das Recht auf Ruhelosigkeit und das Unbehagen an der Behaglichkeit proklamierten, blieb hier in Deutschland Wolfgang Borchert der erklärte und verklärte Held vieler jugendlicher Leser. Weil jenes ›Blick zurück im Zorn‹, weil jenes ›On the Road‹ oder ›Unterwegs‹, weil jenes trotzige Evangelium des Nichtaufgehobenseins sich bei ihm bereits präartikuliert fand: ›Die Straße ist ihr Himmel, ihr andächtiges Schreiten, ihr toller Tanz, ihre Hölle, ihr Bett (mit Parkbänken und Brückenbogen), ihre Mutter und ihr Mädchen. Diese grauharte Straße ist ihr staubiger schweigsam verläßlicher Kumpel, stur, treu, beständig … Diese Straße ist ihre Verzagtheit und ihr abenteuerlicher Mut. Und wenn du ihnen vorbeigehst, dann sehn sie dich an wie die Fürsten, diese Flickenkönige von Lumpens Gnaden, und mit zugebissenem Mund sagen sie ihren ganzen großen harten protzigen klotzigen Reichtum: Die Straße gehört uns.‹

Die unverminderte Ausstrahlungskraft Borcherts und das Phänomen anhaltender Popularität waren es, die mich vor zwei Jahren veranlaßten, das Leben dieses Dichters zu untersuchen. Einerseits um hinter der Patina des Mythos dem Werdegang des Künstlers nachzuspüren, andererseits um die Frage nach der literarischen Qualität seiner Werke neu zu stellen. Ich selbst hatte mich vor runden zehn Jahren zuletzt mit Borchert beschäftigt, und so interessierte es mich nicht gering, ob man nicht vielleicht einer Fiktion die heimliche Treue gehalten hatte. Ich meine der Fiktion vom großen Dichter, der möglicherweise so bedeutend gar nicht war, wie ihn Erinnerung und Legende erhöht hatten.

Die Beschäftigung mit den Lebensfakten war dann in der Tat angetan, ein neues Licht auch auf das Werk zu werfen. So fiel es mir schon sehr bald auf, daß Borchert mitnichten leicht auf einen Nenner festzulegen war. Daß er ein höchst differenzierter Mensch gewesen sein mußte, ein zwie- und mehrspältiger Charakter, der sich so gar nicht den gängigen Klischees seiner Kritiker einfügen lassen wollte. Daß er vor allem nicht der pathetische Schreier gewesen war, als den man ihn allzu billig klassifiziert hatte, und daß es mit dem Wort von dem Neinsager allein auch nicht getan war. Dagegen drängten dann ganz andere Wesenszüge in den Vordergrund, Züge, die in den Erinnerungsartikeln und sympathetischen Würdigungen bislang ausgespart worden waren und die der detailverzehrende Mythos unterschlagen hatte. Es zeigte sich, daß hier wie häufig der Ruhm der einseitigen Deutungen bezahlt worden war und daß er sich just an das geheftet hatte, was literarisch noch nichts galt. Das hatte ja bereits zur Folge gehabt, daß Borchert im reziproken Sinne das Opfer seiner Interpreten wurde, weil nämlich ernste Kritiker zum Anlaß der Abwertung nahmen, was erst durch die Jünger- und Anhängerschaft in ein falsches Licht und eine falsche Lage gerückt worden war.

Beiden Formen des Mißverständnisses entgegen möchte ich hier nun noch einmal unterstreichen, daß ich Borchert für einen ganz ausgezeichneten, eigenwilligen, stilprägenden und feinnervigen Schriftsteller halte. Das mag in Anbetracht der Aureole gering erscheinen und zu niedrig eingestuft sein, gleichwohl möchte aber solche vergleichsweise nüchterne Betrachtung gerade jenen Aburteilern entgegentreten, die aus den Werken nur den unartikulierten Gefühlsausbruch herauslesen und den Dichter als zeitbedingt und zeitverfallen abheften möchten. Ihnen zuwider, doch auch einem nur gefühlsmäßig engagierten Publikum zum Anreiz, sei nochmals nachgraviert, was ich bereits in meiner Monographie richtigzustellen versuchte: daß nämlich der Dichter Borchert, ein Schauspieler und Schauspiegler von Beruf und Anlage her, in jenem schwebenden Reiche zwischen Schein und Sein zu Hause war, wo Kunst und Wahrheit, Zwang und Spiel eins in das andere übergehen und wo der Umgang mit Spiegeln, Masken und Filtern zum luftigen Gewerbe gehört. Wo man kaum scheiden kann, was schon gespielt ist und was gelitten. Was unverstellter Schrei – was Kunstfigur. Was Mitgefühl und Anteilnahme – was kalter Blick und Beobachterleidenschaft. Was Menschlichkeit und was ›nur‹ Satzbau.

Man glaube ja doch nicht, daß sich jemand aus dem bloßen Neinsagen und Positionsbeziehen künstlerisch rechtfertigen könnte und daß der vielzitierte Aufschrei, für sich genommen, schon eine literarische Qualitätskategorie darstellte – man könnte ihn bestenfalls in Phon messen. Ein anderes und weitaus wichtigeres wäre da schon, wenn man einem Dichter und Schriftsteller seinen Sinn für Syntax und Wortstellung zugute rechnet, sein Ohr für

Lautfolgen, seinen Nerv für Neubildungen. Seine Fähigkeit, beispielsweise ein Paradox zu polen oder Antithesen auszubalancieren.

Wieweit nun gerade Borchert den sichersten Instinkt für den Einsatz von Darstellungsmitteln besaß, wie tief sich Aussage und Ausdruck bei ihm entsprachen, habe ich am genannten Ort zu würdigen versucht. Und gerade weil uns dies bisher von Borcherts Kritikern, ganz gleich ob besten oder bösen Willens, weitgehend unterschlagen wurde. Die Rezensionen und Exegesen sprachen fast immer nur von den groben Registern, schrieben von Schock und Schrei und grellen Farben, wiesen auf die Ballungen, Häufungen, die Expressionismen hin, erhoben zum Plakat, verdammten als Hektik – als ob da einer permanent die Wahrheit herabgerufen und ein Zeitalter in die Schranken gefordert hätte, stets Stimme des Gewissens und heftigster Gefühlsausbruch auf immerdar. Als ob da einer nicht – zugleich! – mit feinsten Fäden und spitzestem Einfühlungsvermögen zu Werke gegangen wäre, als ob seine andere Möglichkeit nicht gerade im Herunterspannen gelegen hätte, in der Transformation höchsten Affektes in die geringe, die heimliche, die beiläufige Geste. Als ob er das heroische Pathos nicht immer wieder mit dem Slang gekreuzt, mit gemeinem Umgangswelsch versetzt hätte und den hohen Schmerz nicht ständig mit Späßen unterspielt.

Ich glaube allerdings, daß diese hier zusammengestellten Nachlaßgeschichten das Bild von Wolfgang Borchert in dem angedeuteten Sinne revidieren helfen könnten. Nicht daß sie, für sich genommen, völlig neuen Einblick gewährten; nicht daß mit ihnen nun ein bekannter Lebens- oder Schaffensabschnitt erschlossen worden wäre –

wohl aber bedeuten sie in Anbetracht des bislang bekannten Werkes eine ernst zu nehmende Ergänzung. Eine Ergänzung zumindest dort, wo es um die Sicherstellung der Randschärfen geht.

Von diesen Arbeiten ist bisher nur weniges bekanntgeworden. Einige Geschichten wurden zwar in Zeitschriften und Zeitungen abgedruckt, andere werden hier zum erstenmal vorgestellt. Daß sie seinerzeit nicht mit im *Gesamtwerk* erschienen, ist auf unterschiedliche Gründe zurückzuführen. Während sich bei einigen Geschichten Überschneidungen ergeben hätten, mag man die eher feuilletonistischen als literarisch belangvollen Skizzen *Liebe blaue graue Nacht* oder *Hinter den Fenstern ist Weihnachten* für allzu leichtgewichtig erachtet haben. Sie wollen denn in diesem Nachlaßbändchen auch nur als liebenswürdige Apokryphen zur Kenntnis genommen werden.

Was die hier versammelten Prosaarbeiten bei aller Unterschiedlichkeit in Atmosphäre und Thematik verbindet, ist nicht nur der Verzicht auf These und Programm, sondern vor allem eine gewisse Gemeinsamkeit im Formalen. So fällt es auf, daß sich keines dieser Stücke jener Art von Infinitesimalprosa zurechnen ließe, wie wir sie aus dem *Gesamtwerk* kennen. Gemeint sind solche Prosen, die bewußt auf die Abwicklung eines klaren Handlungsfadens verzichten und deren Anfang oder Ende nicht durch den Auftakt oder Abschluß eines Geschehensverlaufes definiert werden. Während nun diese, Ab- oder Ausschnitte des unendlichen Bewußtseinsstromes, weitgehend aus der fruchtbaren Spannung von Leitmotiv und Variation leben, zeichnet sich der andere, der hier vertretene Typus gerade durch seine handlungsbedingte Zielstrebigkeit aus.

Es ist der Typus, den man gemeinhin mit dem Gattungsbegriff ›Kurzgeschichte‹ zu fassen sucht. Nun mag man sehr wohl einwenden, daß das Gattungsmerkmal ›kurz‹ zum einen der Beliebigkeit anheimgestellt sei, dann aber auch nur gerade die gröbste und äußerlichste Eigenschaft anspreche – dennoch wird man kaum leugnen wollen, daß die geringe Ausdehnung und der absichtsvoll knapp gehaltene Raum bis in die Tiefe gesetzgebend werden können. Wo denn die Kürze den Ton angibt, darf einer sich nicht lang fassen, soll einer nichts ausmalen, ausspinnen, ausweiten, kann einer nicht umschreiben und von weither ableiten. Muß einer den Verlauf vom Ende her komponieren und an jedem Punkt der Erzählung die Pointe im Auge haben. Muß einer über Lockerheit und Spannung im gleichen Maße gebieten, da sich auf kleinstem Raum ein Gedränge so störend bemerkbar machen würde wie Weitschweifigkeit. Natürlich wird sich kaum in die unbewegliche Regel fassen lassen, was ein Schriftsteller aussparen und was er stehenlassen soll, man könnte aber wohl sagen, daß der Gattungsanspruch dort am ehesten erfüllt scheint, wo eine Kurzgeschichte aus dem Augenblick lebt und wo auf der Schneide des Moments ein Schicksal sich entscheidet. So anvisiert und immer von der Maßgabe kurzer Prosa her betrachtet, erweisen sich einige dieser Nachlaßgeschichten als schlichthin musterhaft und meisterlich. Ich nenne nur *Die Kirschen* und *Das Holz für morgen,* wo, angefangen vom raffiniert beiläufigen Einstieg (›Nebenan klirrte ein Glas‹ – ›Er machte die Etagentür hinter sich zu‹) über die bewußte Verfremdung und Unterspielung des Scheitelpunktes (›Sie mochte gerade diese Tasse so gern‹ – ›Und dann sag ihr, sie soll das Seifenpulver nicht vergessen.‹) bis zur kaum angedeuteten

Kundgabe der Erschütterung, ein Daseinsbruch und eine Bewußtseinswende im scheinbar Unscheinbaren zutage treten. Das aber heißt für diese und andere Geschichten, daß sie im Äußeren nur wenig von sich hermachen, daß alles eigentliche Geschehen nach innen verschlagen ist und daß ein Hauch von Handlung oft genügt, um uns zu treffen und zu rühren. Das heißt darüber hinaus, daß wir es hier mit einem Künstler zu tun haben, der mit den plakatenen Begriffen ›Anliegendichter‹ oder ›Rufer in die Zeit‹ mitnichten zu fassen ist; denn wenn auch das Bild vom entflammten Ekstatiker, vom aufgewühlten Jüngling und Ausdrucksdichter in manchem zutreffen mag, so bleibt doch solche Deutung so lange einseitig und flach, als man nicht auch das Komplementär sieht: ein ganz außerordentliches Einfühlungs- und Beobachtungsvermögen. Jene besondere Sensibilität, die seelische Hochspannungen in Kapillarausschlägen anzuzeigen fähig ist und letzte Dinge abzuhandeln an den geringfügigsten.

Peter Rühmkorf

Inhalt